1

相士无非子，不知其姓氏，更无论籍贯履历，他自称无非子多年，众人也称他无非子多年，久而久之，连他自己都将原来的姓名几乎忘记了。

未描述无非子之前，先要说说相士是一宗怎样的行当；在相士这宗行当里，还要说说无非子是位怎样的人物。

所谓相士者辈，就是相面的师父，吃开口饭的，靠嘴皮子混事由，干的是耍人的营生。但相士中分上九流下九流，顶不济的，在街头巷尾摆上一张八仙桌，八仙桌上铺一方蓝粗布，蓝粗布向外垂下来的一角，写上相士的名分，譬如什么李铁嘴，杨半仙之类。正铺在桌面上的蓝布中央，画着一幅易经六十四卦图，桌子角上摆着一十六只大圆棋子，一卷翻得飞了边的《易经》，半卷成卷儿，放在棋子旁边，《易经》旁边是一把折扇，一把宜兴小茶壶。这位相士端坐在小方凳儿上，背靠墙壁，面向市街，但不许东瞧西望，只微合双目似在读《易经》，又似在打瞌睡。相士背后，墙壁上一张白布，四尺见方写着一个"诚"字。如是，恭候各位倒霉蛋们光临卦摊。

这类人自称是相面的，其实是臭要饭的。相面也罢，算命也罢，俗称是卜，这"卜"字中间一竖，据说是乞丐探路的竹竿儿，旁边的那个"点儿"，便必是乞丐讨饭的饭瓢无疑。天公有灵，这可不是挖苦诸位神仙们，事情本来就是如此，讨饭的乞丐拄着长竿儿，端着饭瓢挨门挨户乞讨，每到一户人家门外，他必要唱吉祥歌儿，什么大富大贵呀，什么指日高升呀，什么紫气东来呀，什么人畜两旺呀，吉祥话儿听得心眼儿里麻酥酥，一高兴，这才会施舍些残羹剩饭，外搭几个小钱。

也有靠说吉祥话换不来施舍的。你可以想想呀，那些大门大户有钱有势的人家，每日门外讨饭的还不得几十几百？人人都在门外唱吉祥歌，自然也就听厌了，不新鲜了，心里也不激动了。你在门外高唱五子登科，本来是吉祥话里最动听的美好语言，正巧他家女人刚给他生下第五个女儿，你说他恼火不恼火？一块西瓜皮甩出来，不砸破你头才怪。

于是就有精明人儿出来，虽也是讨饭来的，可他站在门外不唱吉祥歌儿。他先怔怔地站上半个时辰，一双眼睛直盯着你家屋檐，盯得主家心里有点犯疑，心想我家房檐儿上有嘛稀罕物什这样惹人注目？正犹豫间，那门外的乞丐突然

找饭辙
锅伙
相士无非子

林希
著

天津出版传媒集团

天津人民出版社

图书在版编目(CIP)数据

相士无非子·锅伙·找饭辙 / 林希著. -- 天津：
天津人民出版社，2017.6
（林希自选集）
ISBN 978-7-201-11698-3

Ⅰ.①相… Ⅱ.①林… Ⅲ.①小说集-中国-当代
Ⅳ.①I247

中国版本图书馆 CIP 数据核字(2017)第 093313 号

相士无非子·锅伙·找饭辙
XIANGSHIWUFEIZI·GUOHUO·ZHAOFANZHE
林希 著

出 版	天津人民出版社	
出 版 人	黄 沛	
地 址	天津市和平区西康路 35 号康岳大厦	
邮政编码	300051	
邮购电话	(022)23332469	
网 址	http://www.tjrmcbs.com	
电子信箱	tjrmcbs@126.com	
责任编辑	孙 瑛	
装帧设计	汤 磊	
印 刷	山东德州新华印务有限责任公司	
经 销	新华书店	
开 本	880×1230 毫米 1/32	
印 张	9.125	
插 页	8	
字 数	170 千字	
版次印次	2017 年 6 月第 1 版 2017 年 6 月第 1 次印刷	
定 价	44.00 元	

话剧《相士无非子》剧照，天津人民艺术剧院提供。

话剧《相士无非子》剧照，天津人民艺术剧院提供。

话剧《相士无非子》剧照，天津人民艺术剧院提供。

话剧《相士无非子》剧照，天津人民艺术剧院提供。

目 录
CONTENTS

相士无非子

"啊呀"一声，然后便是深深地一声叹息。不必多费言语，这时主人一定会乖乖地跑出来询问："这位先生，你何以望着我家房檐叹息呀？"

"一言难尽。"那乞丐故作高深地摇一摇头，然后又似是自言自语地说下去，"福兮祸所伏，祸兮福所倚。"

主人一听立时吓得大汗珠子滚了下来，忙上前打躬作揖地施礼哀求："无论如何，先生也得指出一条逢凶化吉的道路来呀。"

"既如此，主家将尊造呈来，我替你卜测一下吧。"于是主家说出了自己姓甚名谁，家住哪里，何乡人士，生于哪年哪月哪日哪时，小时候哪年出的疹子，大了又是什么时候定的亲，妻子又是什么属相，生了个儿子又是什么脾气，如今家里有哪几桩事不甚遂心，就连家里的骡子马只吃料不下驹儿的事也得如实交代清楚……

"好了。"不等主家说完，卜者已经推算出结果来了，如此这般一番交代，尽管放心，你家不会有什么大灾大难，眼前虽有一罣，但吉人自有天相，最终仍是福禄双全。

赏。

你瞧，这不又算讨着饭了吗？树林子大什么鸟儿全有，有人爱听吉祥话，无论你怎样恭维他，他都自认为当之无愧，你说他是玉皇大帝转世，说不定他心里还觉着委屈，明明他昨日梦见玉皇大帝给他端洗脚水呢。不过不管怎么说吧，反正这号爷听见吉祥话才给赏钱。还有的人爱听吓唬，你得先冲着他"啊呀"一声，再告诉他大难临头了，把他吓得腿肚子转了筋，然后再用三言两语替他冲了灾，无论要多少钱他都乖乖地给你。自然，还有人爱听骂，你越骂他，他越是全身通泰，骂得越狠，他越是血脉通畅四肢灵活脊背酥软；自然这也要会骂，骂得太狠了，他真翻了脸，吃不了你也得兜着走。

除了街头巷尾摆野摊，除了走街串巷乞讨之外，还有一帮子打野食的。这等相面的不设摊，没个准窝儿，也不挂幌子，只是哪里人多往哪里钻，穿一件半新长衫，打扮得似个落魄文人，手里握着一把旧折扇，扇面上要有名人的题签，自然，那是假的。看穿戴，看派头，谁也猜不出他是干什么的，一不像生意人，二不像公职人员，反正就是闲人一个，只在街上穷遛。遛过来遛过去，逢到人多时，猛然间一伸手，他抓住一个迎面走过来的什么人物，这个人自然全身的晦气满脸的愁容，活像是才遇见了什么倒霉事。不等这个人琢磨明白是怎么一回事来，相面的闲人先开了口："我看你山根之上阴云密布，五日之内必有大灾；又看你西岳东岳斜纹深陷，或父或母必是重病缠身。总算你出身积善人家，天成全你今日遇上了我半仙之灵，快将你生辰八字呈上来，让洒家替你批上一卦,为你指出明路一条。"

也许这个人真有点什么过不去的关节,当即他就昂起脸来让相士一番端详,再说出生辰八字由他细细地批上一番;也许他本来就正在劫难之中,或是被债主逼得东躲西藏,或是为老爹老娘四处求医,急匆匆本来没时间和他纠缠,为求得脱身之计,便只得逢场作戏说一些捧场圆场的话,只夸他真是慧眼独具,一句话正说中灾祸吉凶。

偏又是闹市里全是些爱看热闹的闲人,不多时里三层外三层早有众多闲人将这二人围在了当中,那相士在人圈中一番卖弄,不知哪个倒霉蛋正想找个人问卜一桩什么别扭事,于是不须多时必会有人拨开众人挤身进来,对着相士一作揖,"先生,请您给我相相。"

这叫直钩钓鱼。

说来说去,这些全算是下三烂,没有名分,不受人敬重,干不成大事业,混不上吃喝,连双新鞋都买不起。这些人白天串大街,夜里睡小店儿,啃着窝窝头,喝的白菜汤,一件作行头的粗布长衫白天穿上逛街,夜里脱下来洗了晾在竹竿儿上,赶上阴雨天,一夜衣服不干,第二天早晨湿漉漉地也得披上,用自己的身子将衣服烘干,所以前半天这等人的肩膀上全往上飘水汽儿。

混出来名分,有了身价,就有资格设相室了,相室大多以相士的姓名为名号，什么万百千相室，赵钱孙相室，名字中透着古怪。更有许多相室有声望，敢于自称是什么士什么人什么事，于是便有了卧龙子相室，柳庄子相室，一弘仙师相室，五岳道人相室，一个比一个邪乎，全都是真人传世，前知三百年，后知三百年，指点迷津，众生普渡。

天津卫，相室云集在两处地方，一处在南市三不管地界，这些相室里的相士大多是江湖出身，譬如原来摆野摊相面算卦，遇见几个人物，救了几场劫难，解了几桩困厄，发了横财，于是便租间临街的门脸小房，自己立了相室。这类相士出身微贱，生来也不贪图有什么大发旺，偶尔闯进来个被追缉的强盗流寇，走投无路之时引导他找了个躲难之处，时过境迁，这强盗流寇又化险为夷，且重操旧业，生意干得发旺了，说不定想起昔日帮助自己逃过了官家缉拿的相士，百儿八十地送上份厚礼，算是对相士的报答。但是发这类飞来凤小财的机会不太多，他们每日便只给来南市闲逛的八方闲杂人等看相算命，这些人没有大富大贵，自然也没有大难大灾，父母久病不愈，生意不甚兴旺，丈夫久出不归，前日夜里做了个噩梦，昨天早晨猫头鹰落在了房檐上，等等等等，全都是三言两语好胡弄的活儿。每日能看上十个人，每人收上四角钱，便可以挣上吃喝，养活一家老小。

能够在天祥商场设下一间相室的，也就有权自称是相士了，这些相士大多过了不惑之年，更有白发苍苍的长者，而且要各有专长。有人以易经论世，偶尔遇上个古怪老学究，推门进来不和你论世，只和你说《易》，来龙去脉正本清源你得和对方谈得头头是道，就研究《易经》而论，你得够得上当教授的份儿，否则你何以有资格引申《易经》而论世呢？倘若你自称以星宿论世，候着吧，说不定哪天闯来位西装革履的洋场人物，屁股没沾板凳先和你盘起天文学问，什么天干地支，星宿转移，天王地虎，金木水火土，你要对答如流，不过只管放心，这位西装革履的洋场人物只是个假秀才，他于天文学也只是一知半解而已，真正天文学教授不来这儿和相士找别扭，人家早任职于紫金山天文台夜夜观察星云变幻去了，谁也不来天祥商场的相室。

天祥商场，天津人俗称天祥，是紧靠着劝业场的一处商场。劝业场里卖穿穿戴戴布匹绸缎日用百货金银首饰，天祥商场卖什么呢？凡是劝业场里不卖的东西，这里全卖。这里有书铺，珍本秘本古书旧书，从宋版毛诗到王云五编的小文库，一应俱全，而且这些书铺还各有一间秘室，专卖春宫、卖淫书，无论什么白话聊斋，金瓶梅画本，让人看了之后三天之内眼珠儿不会打滚儿。到了成立民国社会维新之后，这里又进了新鲜货色，照片，单人的、双人的、单张的、成套的，生意极是兴隆。除了书铺之外，二楼里还有一间连着一间的古玩店，从周口店出土的猿人牙齿到古玩玉器古董花瓶，假货真货一齐混着卖，而且越是假货卖得越贵，一只土窑烧的黑陶罐子，重新刷上一层釉儿，愣一千元银洋当西周文物卖了，而真正价值连城的甲骨残片，却一角钱一包被人买走配药治病。天祥商场的生意，就是在乱乎劲里发财。

天祥商场有画像的，有玩台球的，有茶室，有裱画的，有做风筝捏泥人的，四楼有落子馆，五楼有杂耍圈子，从一楼到顶楼，满楼里跑暗娼野妓，楼道里每一级楼梯上都站着一个娇女子，旁边有一个老鸨娘搀扶，拦住上楼下楼的游人嘻嘻地说着："我家姑娘今日才十八岁，头一天出来混事由。"天祥商场共五层楼，每层楼六十级楼梯，所以每天来天祥商场混事由的，必有三百名十八岁的黄花女子。这天祥商场才真是一个花花世界呀！

同是天祥商场里的相室，又各有贫富之分。最寒酸的，只一间十几平米相室，开门见山，推开门，就正看见相士面朝外坐在桌子后面等你，自己拉只板凳坐下，想问什么事只管道来。有些相室生意好人缘好，相室里常常挤满了人，最多时能有七八位，进去之后要等些时间才能坐下，先要站在屋角里听相士给那位爷细说命相。这时必是相士说一句，那人答应一句，点一下头，连连赞叹相士真是神仙转世，新来的人越听越惊奇，未曾坐下先对相士信服得五体投地，这叫玩腥儿，挤在屋里的全是这位相士的亲戚朋友，是"捧活的"，等的只是你一个"大傻帽儿"。这类相室极便宜，问一卦二元钱，能买四十斤白面，能买一双布鞋，梅兰芳在中国大戏院唱《贵妃醉酒》，三楼末排票价二元，视力好的倒是也能看见台上似有小人儿在走动，唱词儿一句也听不见。

稍微阔绰一些的相室分里间外间，推开山门先进一间厅室，有童人献上一杯茶，须等些时候有人从内室出来，才轮到下一位进去。平日里这厅室里少说也坐着三两个人，新来问卦的人先要彼此扯一阵子闲篇。有分教，关节就做在这里，从相室里出来那个人，其实不是客人，他刚刚是在相室里看《三侠五义》哩，让你在外间厅室坐会儿，几个坐在那里的闲人和你东拉西扯，三言两语就将你要求问的事套出来了，这时一个人走进相室，把你的种种情形告知相士，待到你走进相室，相士一看迎头便是一句："尊家的二千金玉体欠安呀！"唉呀呀，我可遇见活神仙了！我正是为二丫头有病来求问神仙的。倒霉去吧，你早被人家耍了，还蒙在鼓里呢。

这类相室，每卦四元，只是这四元钱花得畅快，眼睁睁人家说得灵验嘛。

相室一处比一处排场，相士一位比一位高明，谱儿最大的，山门上申明每卦四十元，八十元，门前自然冷落，但三天两日能来一个问卦的,收入也不比小本营生少。

　　无非子相室,四间大厅,第一天来只能在茶室稍坐,用一杯茶,请茶房传个话,求无非子约个时间,好来求问一件事情。第二天再去,进书房,由无非子的书僮接待,书僮者,徒弟也,不外是推托无非子近来太忙,已是一律不见客家了,来人要再三恳求,徒弟见你确有诚意,才答应待相士闲暇时向他透个底儿,也许能抽出半天时间来见一面。第三天再去,要带上四百元现钞,无论相士有没有时间,谢礼我已经送到了,问事之后自然还要重谢。一而再,再而三,看来此事非相士无非子出面卜测已别无它路,这才约定时间,听无非子一番论说,然后,当面谢过大洋两千元。

　　我的天爷,大洋两千元能在英租界买一幢小洋楼,什么惊天动地的大事非得听无非子论一番命相、卜测一番吉凶。有!譬如袁世凯登极、张勋复辟、黎元洪做大总统、孙传芳任五省联军司令、张作霖进关……

　　无非子脑袋瓜子别在裤腰带上,专门吃军阀政客的"饭儿",你想想,没有这么大的金刚钻,他敢揽这份瓷器活吗?

2

　　无非子，不知多少年纪，二十年前他在天津设相室论世，一举成名，看容貌就似四十啷当岁的神态，老成持重，阅世广，城府深，胸有成竹。后来天津建起天祥商场，他来天祥设相室独撑门面，看容貌还是四十岁左右年纪，一桩一桩料事如神，名声大震，一时之间轰动京津两地，他的相室由一间至二间、三间到四间，谢礼由八元、十元、二十元、百元，直到千元，再看，他还是四十岁的模样。一转眼二十年光阴过去，如今是公元一千九百二十七年，民国十六年，无非子看上去，还是不满五十岁。你瞧瞧，命里注定，无非子是个神仙坯子。

　　无非子，中等个儿，不高不矮，精瘦。有人说无非子无论吃什么也不长膘，有人说从来没见无非子吃过饭，每日从早到晚除了嚼槟榔就是喝茶，瘦得脑袋瓜比脖子细，屁股蛋儿比腰细，穿件长衫似一根竹竿挑着一只布口袋，上楼下楼风儿将长衫吹得呼嗒嗒响。无非子相貌极丑，眼眉细，眼窝深

・13・

陷,一对小眼睛,这双小眼睛瞪圆了比黄豆粒稍大些。有分教:这叫鸽子眼,千里之遥能看见自家屋顶。鼻梁高,圆鼻头,鼻孔极大,呼呼地风出风进似两只小风箱,嘴唇薄,长龅牙,上牙下牙不对槽,说话不拢气,有人说他故意拔掉了两颗门牙,反正这样才更有气派。听力欠佳,是个半聋子,对方说的话听不清,他也不必去听,一是看二是算,心里明亮就行。

无非子动作迟缓,穿衣服,徒弟服侍着先伸进一只胳膊,第二只袖子抻过来,要等天祥商场窗外蓝牌电车开出一站地,才能将第二只胳膊伸进去。一身的毛病,爱擤鼻涕,爱擦眼角,爱打哈欠,爱困,爱打瞌睡,而且最大的特点是睁眼时不说话,说话时不睁眼,可能是因为面部皮肤太紧,眼、口不能同时运行。

就这份容貌,就这份神态,就这份德性,二十年来中国社会的风起云涌盛衰成败兴亡胜负,全被他说中了,信不信由你,不如此他也不敢自称是无非子。

中国的军阀政客,人人都养着一位方术之士。行伍的,什么时候出兵?什么时候打仗?走哪条路?渡哪条河?翻哪座山?什么时辰发兵?什么时辰攻城?一切一切全听术士指点。连调兵遣将也要由术士说了算,攻黄土岗,要先派水命人,倘水命将军上去全军覆没,再派火命人,最后占领再派木命人守城,非如此不能获全胜。 从政的,收买哪方势力? 依靠哪个派系? 联合谁? 反对谁? 出卖谁? 一切也由术士说了算,直到后来能不能当大臣,能不能登极,也要由术士卜测,否则一切后果自负。

既然各家养着各家的术士,那,何以又冒出一个无非子呢? 原因很简单,谁家养的术士也不如无非子高明,节骨眼上,还得听无非子的。

……

中华民国四年,公元一千九百一十五年,春寒乍暖时候,一日傍晚,呼啦啦一班人等大步流星闯进了无非子相室。无非子的弟子十五岁的小神仙鬼谷生闻声迎出去,前厅茶室里早坐满了十几个威武的军人,这等人一个个穿黑军衣,佩丝绶带,满面红光,全都是春风得意的神采。弟子鬼谷生吩咐用人"看茶",早有四个穿青布长衫的茶房迈着小碎步风儿一般地飘进来,恭恭敬敬,每位爷面前献上一只盖碗。茶房师傅退下,弟子垂手恭立在一旁,只等客人说话。

"你师傅呢?"说话的这位爷大约三十岁年纪,一双精明透顶的黑眼珠儿滴溜溜转。其余十几个人谁也不说话,都坐在椅子上发呆,有的观天有的望地,有的手指头闲得敲桌子面。经过无非子一番调教的弟子暗中早看出了三分门道,说话的这个人今日要来见无非子,其他十几个人全是保镖的,可见此人有来头。

"尊家来得不巧,我师傅已于半月之前出门,云游苏杭二州去了。"鬼谷生童音未变,沙哑着小公鸡嗓儿回答说。

"什么时候回来?"为首的军人挑着眉毛向鬼谷生问着。

"少则十天半月,多则三年两载。"鬼谷生不动声色地回答。

"啪"的一声,那为首的军人狠狠地拍了一下屁股,转身就往外走,跟来的众人随之便呼啦啦一齐起身往外跑,有机灵的早先窜出一步伸手拉开房门。那为首的军人走到门前,厉声地对他的随从说:"通知电报房,传大总统的命令,着浙江督军立时护送大相士无非子回津,不得有误。"

"是!"震天动地一声答应,这一干人等兜着旋风走得没了影儿。

小神仙鬼谷生将众人送到山门外,不施礼不作揖,只微合双目算是道别,待脚步声消失后他才转身走回相室,将山门从里面锁好,垂下窗帘,穿过里间茶室、相室,这才走进师父无非子的秘室,这秘室因只许无非子和小神仙二人进入,所以人们只称这里是仙洞。

仙洞里无非子正在打坐,似是坐禅,其实心里不静,眼皮儿耷拉着,但眼球儿滚动,一双手掌掌心向上搭在膝头,手指在不停地掐算,再加上微微有些瘪的嘴巴不停地嗫嚅,一看便是用心思虑的样子。

"来了？"待小神仙走进仙洞，垂手恭立靠墙边站好，无非子这才启齿询问。

"来了。"小神仙点头回答。

"是他？"无非子又问了一句。

"没错儿。"小神仙把握十足的语调回答得镇定自信，如此他还怕师父不信，便又详细地禀告说，"走进山门九个，门外站着两个，隔着窗子往外瞭，楼下马路上还有两个望风，明明十三个人，必定是十三太保没错。为首的军人打扮，穿军衣，不戴肩章，明明是没有官衔，保准是袁大总统贴身的马弁随从。临走时放言传大总统的命令，除了袁世凯家里的人，谁敢如此张狂，且又是满嘴地道的河南话，不是袁乃宽，还会是谁？"

"他果然来了。"无非子的嘴角微微地动了一下，很可能是在笑，他极是得意地摇摇头，又合上了眼睛。

"师父圣明。"小神仙半躬着身子在一旁奉承，"袁大总统要称帝登极，什么六君子十三太保早拉开了阵势，现如今他只差着仙人指点，果然他派来了袁乃宽。"

袁乃宽是十三太保的头头，自称是袁大总统的内侄，其实他和袁世凯家压根儿不沾边。早以先，袁乃宽是河南的一名小无赖，袁世凯奉旨小站操练新军，袁乃宽"卖兵"投奔到了袁世凯的麾下。天生这小子机灵会来事儿，没多久他就以一番讨人喜爱的表演引起了袁世凯的注意，袁世凯检阅新军，他站得最直、胸脯挺得最高、精神头最足。见了袁世凯，别的傻丘八只知立正敬礼，唯有这个袁乃宽一面敬礼一面泪珠儿吧嗒吧嗒往下掉，活赛是走散了的孤儿又见着亲爹一般，这么着，袁世凯便将他选到身边做了马弁。做了袁世凯的贴身马弁，袁乃宽更似鱼儿得水一般，什么时候大声说话，什么时候小声说话，什么时候该和袁世凯靠得近，什么时候该和袁世凯离得远，连什么时候喘气，什么时候眨眼，他都侍奉得没一点挑剔。有一天正赶上袁世凯刚讨了个九姨太心里高兴，他瞅着袁乃宽更觉可爱。"乃宽呀，你如何也是河南人呢？"这一问不要紧，竟使得袁乃宽哇哇地哭出声音，噙着泪水，袁乃宽咕咚一下跪在地上，咚咚咚就叩了三个头。"伯，俺知道河南袁姓都是一家，可俺出身贫寒，不敢攀亲，怕沾了总督大人的名分。伯，侄儿知道您老暗中处处关照着小辈，乃宽是个孤儿，即使您老不肯认下我，俺这条不值钱的命也早交给您老了。"

袁乃宽一番哭诉，感动了袁世凯，当即将袁乃宽认作内侄，从此，终日盼着发迹的无赖袁乃宽便算是找到了一个真爹。

袁世凯在民国大总统的宝座上还嫌玩得不过瘾，于是一手操纵便挑起了一场有关国体政体的大讨论。参加这一场大讨论的有前朝遗老,有国学大师,有新派洋务,有翰林学士,更为甚者还有洋博士古德诺撰写长文,断言唯君主政体才于中华国情最为适宜。紧锣密鼓一番喧嚣鼓噪,你想这大相士无非子能看不出门道来吗?

无非子断定:不出一月,袁世凯必来问命,而出面来相室的,又必是这位贤侄袁乃宽。

暗自笑了笑,无非子庆幸自己这几个月没有枉费力气做功课。

算命相面,本来也是一宗大学问,身为相士除每日支撑门面之外,还要做功课。所谓的做功课,自然不会是学生们那样演算数学,或是造句作文默诵诗文,相士们自有自己的功课好做。以易论世的要钻研《易经》,要推算六十四卦,以星宿论世的要观察天象温习星宿学,还有的要研究《奇门遁甲》《十筮正宗》《三元点禄》《麻衣相》等基础理论著作。除此之外,各家有各家的秘传,简的三几千字,繁的万八千字,要一字不差地背诵得滚瓜烂熟,实在也是一宗功夫。

无非子非等闲辈,他讥讽以《易经》论世的宗派为"一经论世",以一部《易经》何以能包容天下万千世界呢?所以,无非子兼容并蓄,他不仅以易论世,以相论世,他更以史论世,最为难得他以世论世。来相室问命的,只知一个小我,功名利禄,患得患失,总是纠缠不清。相士所以能批得准确,测得灵验,令问命的人心服口服,秘密在相士以大我解小我,世上本无路,万物皆在道中,从大道理窥测人生出路,万变不离其宗,必是料事如神。而无非子的高明,就在于他以无我解大我,以大我解小我,如此,他就是活神仙了。

以史论世,以世论世,以无我解大我,以大我解小我,无非子做什么功课呢?他读书,他看报。读书,什么书都读,诸子百家,二十四史,野史笔记,小说诗词,演义唱本,凡是能搜集到手的书他全读;读报,他什么报都读,申报、庸报、顺天时报、天主教的福音报,以至于连造谣生事的野鸡小报他都读。这一读万卷书,读千种报,他自然比那些呆子相士圣明了,那些人只知金木水火土,只知什么阴阳五行,只知些天一地二的死知识,而无非子却知道当今政客各依仗着谁家的势力,谁靠着谁,谁吃着谁,德国人如何占着山东,日本人如何惦着东北,谁和谁明争暗斗,谁和谁唱红白脸的双簧戏,谁说媒谁拉皮条谁是拆白党,就连谁家的姨太太勾着谁家的马弁,谁家的公子玩着谁家的小相公,他都知道。凭着这万卷书万般消息,这天下大事岂不是尽在他无非子一人的帷幄之中了吗?

"袁乃宽这个帝寿,居然要代替他干老天问丙叩经,由我出山一番急打慢千轻敲响卖,准能牵得他涡涡旋。"师父面前,鬼谷生说起了黑话。"帝寿"者,蠢才也,"老天"是爹爹,"问丙"是相面,"叩经"是算命,这套江湖黑话译成口语,就是说袁乃宽这个蠢才,居然代替他干老子来相面算卦,由我出去和他一阵盘问敲打三言两语准能说得他晕天转地,临走时连门都找不着了。

无非子没有挖苦袁乃宽,他深知这桩事非同小可,和袁世凯这类人打交道,全是脑袋瓜子别裤带上的冒险游戏,一番信口雌黄,最后败家丧命的大有人在。政客兵痞军阀尽管不敢轻易杀相士,但恼羞成怒,你算定他该攻南门,结果正好敌方在南门设下埋伏,十几年带起来的亲兵全军覆没,他不宰你个狗日的才怪。何况这袁世凯又是当今中华民国的大总统,还一心想着当皇帝,算定他生来没有帝王的命相吧,莫说是袁世凯,连他儿子都饶不了你;算定他富贵至极、金命龙身吧,自古来没有不完蛋的朝廷,不必无非子推算,尽人皆知,这年月谁做皇帝谁就是往火坑里跳。要想活得长,只吃五谷杂粮;若想死得快,便穿蟒袍玉带。

不相信,你可以亲身试验。

第三天早晨,天津专门传播社会新闻的小报《庸言》报,登出了一则消息:"大相士无非子云游苏杭二州,已于昨晚返津,云游途中大相士无非子曾莅临碧云寺拜见智圆大法师切磋经卷,大相士无非子回津后将闭门谢客云云。"

第一份报纸才刚送出去，早晨九点，一辆黑色小汽车停在了天祥商场的后门，这汽车好气派，两侧车窗垂挂着暗色的纱帘。车子停在马路旁边，不见有人从车里出来，稍候片刻，只见一个瘦瘦的人儿悄无声息地拉开车门钻进车里，"嘀嘀"一声喇叭声响，汽车开走，无非子被迎进了大总统袁世凯在天津的私邸。

袁世凯贵极人臣，平日外出要有秘书马弁武官随从，汽车两旁还要有四十名卫士一路跑步护送，凡是汽车经过的街道，早早地就静街戒严，连临街商店的门窗都要关上。如此这般，一是怕老百姓吓着袁世凯，二也是怕袁世凯吓着老百姓，两厢隔开，彼此都省事。

坐在总统府里，袁世凯更是个人物，身着大总统甲种制服，身上挂满了肩章领章袖章绶带，腰上结着腰带，腰带上挎着腰刀，坐时似钟，立起似松，走路带风，摔倒了砸个坑。

临到如今，袁世凯要请相士来算命相面，便无论什么威风也用不上了。相士代表神仙，伸仙只知有上界下界神人凡夫，至于下界还分什么总统府议会厅衙门口公共厕所，那就不是神仙的事了。相面，只看面貌，有时相痣，你说屁股上有颗红痣，明明是坐龙椅的造化，相士不相信，你还得扒下裤子撅腚让人家瞅瞅，不过这也不为丢丑，提起裤子来，人五照样人五，人六依然人六。

袁世凯在天津的私邸有好几处，今日接见无非子的地方是五姨太杨氏的大公馆。无非子心中有数，车子才绕了几个弯儿，他就料定如今是去五姨太的大公馆。无非子有心，早在两年之前他就准备要为袁世凯算这一卦，两年的时间他研究袁世凯的命相经历，向一切与袁世凯有交往的人打听袁世凯的日常起居和脾气秉性，所以到了今天，他早成了一个研究袁世凯的专家了。

　　到底，袁世凯是个非凡的大人物，无非子走进书房，他端坐在书房正中的太师椅上睬也不睬，就似他压根儿没见着有人进来一样。袁世凯身旁站着袁乃宽，在袁世凯面前，他变得乖多了，再不见前日去相室时的那份张狂相。待无非子落座，仆人献上茶盅之后，袁乃宽才将一份写着袁世凯生辰八字的红纸双手送到了无非子面前。

　　袁世凯威严地坐着，故意抬起面庞，好让无非子瞻仰一下自己的尊容，相面相面，要端详面貌才能说出命相。

　　谁料无非子从一屁股坐在太师椅上就一直不肯撩眼皮儿，他闭着一双眼睛，活脱是正在打瞌睡，袁世凯等了好久好久，已等得不耐烦了，便斜视一眼袁乃宽，袁乃宽立即蹑脚轻轻走过去，又轻轻地靠近无非子耳际这才悄声地说："请大相士为上面这位老爷子相相面。"

　　无非子耳音欠佳，犯起耳聋病来，你就是钻进他耳朵里放鞭炮他也听不见，偏偏此时此刻他内热攻心，无论袁乃宽说什么，他都毫无反应。最后急得袁乃宽不得不在他肩上推了一下，好不容易将无非子推得撩起了眼皮儿，趁着他这阵明白，袁乃宽忙指着书案上的红纸对无非子说，这是生辰八字。

无非子看都没有看一眼那张红纸，便又合上了眼皮儿，过了好长好长时间，袁乃宽只见他嘴唇似在轻轻嚅动，便忙将耳朵贴到无非子的嘴旁，听了半天，这才传出话来说："相士要正夫人的生辰八字。"

旨意传下来，袁乃宽慌了手脚，给大总统算命，何以索要正夫人的生辰八字？不过神仙的旨意是不能违抗的，幸亏五姨太杨氏有心计，不多时她便将正夫人于氏的生辰八字也写在一张红纸上呈了上来。

"人家相士要得对。"五姨太杨氏退出书房时悄声对袁乃宽说，"既是算大总统能不能称帝，先要算正夫人能不能做娘娘。不是老话上说吗，刘邦本不是帝王之相，只因为吕后是娘娘的造化，这才立下了汉朝江山。"

正夫人于氏的生辰八字也写在一张红色长方形硬纸上，五姨太杨氏将它放在雕花檀香木托盘上交给婆子，婆子交给仆佣，仆佣双手呈给袁乃宽，袁乃宽恭恭敬敬地放在无非子面前。

这次无非子说话了，他将袁世凯的生辰和正夫人于氏的生辰用一方蓝布方巾裹好，站起身来将布包挟在腋下，不施礼不拱手，只冷冷地说了一句："无非子告辞了。"

不容分说，无非子迈步就往门外走，倒是袁乃宽跑上一步将无非子迎面拦住，袁乃宽不习惯地向无非子笑笑，乖声乖调地对无非子说："好不容易把相士请来，怎么能一句话不说就走呢？"

无非子挥手示意袁乃宽让路，嘴巴嚅动着瓮声瓮气地说："快去找你家大公子，无非子在相室恭候。"

说罢，无非子扬长去了。

袁世凯摇摇头，对于一个小小相士无非子的傲慢无礼极是不悦，袁乃宽半张着嘴巴光眨巴眼，琢磨不透无非子卖的是什么关子，倒是五姨太杨氏一拍巴掌闯了进来，她挑着娇滴滴的嗓音说道："着呀，这才真是求上了真神仙。只看大总统一人的帝王之相，相士自然不好说话，常言道：得天下易坐江山难，人家相士自然要看看儿孙辈有没有承继龙位的命相。"

袁世凯点了点头，他抬手捋捋胡须说道："当年李鸿章李大人得意时，有人见朝廷不行了，便劝李大人称帝取而代之，李大人只笑了笑回答说，你看我几个儿子中有能承继王位的德性吗？无非子说得对，快去将克定找来，让他去相室拜见相士。"

"是!"袁乃宽乖乖地答应了一下,忙下去吩咐找袁世凯的大儿子袁克定。袁世凯家有权有势有财,无论什么天上飞的地上跑的稀罕物什都能找得到,唯独大公子袁克定的影儿不好找。袁世凯虽然还没当上皇帝,但袁克定早有了大太子的绰号,这位大太子成年累月泡在舞厅饭店花街柳巷里,而且他从不单独行动,无论到哪里都是成帮结伙,大太子不起身,这些帮闲就不许移动半步。举个例子说吧,有一晚大太子多喝了两盅酒,醉醺醺领着一伙人来到维格多利舞厅,音乐响起,大太子酒劲儿上来倚在沙发椅上睡着了,一觉醒来已是第二天早上十点,那维格多利舞厅里还灯红酒绿地唱呀跳得正欢呢。再细看那些跳舞的恶少和伴舞的舞女,一个个早累得拉不动胯骨了。

袁克定正在一处销魂的所在玩得欢,听说大相士无非子要给他相面,当即推开前后左右围得水泄不通的漂亮姐儿们,脱掉西装,换上袍子马褂,颠儿颠儿地跑进无非子的相室,一屁股坐在椅子上,开门见山,直冲着无非子问道:"神仙有话只管说,我若没那份贵相,我也就不撺掇老爷子那么着了。"

论起想当皇帝的心,袁克定比他爹更急切,他老爹袁世凯好歹已经荣任上了民国大总统,虽说还没有立自家的国号,但已为万民做主,明明和皇帝老子一样了。但大太子袁克定还什么也不是, 倘不趁着老爷子这股劲头子撺掇得他建立袁家王朝,待到老爷子归天之后,他就连这大太子的空名分也没了。

难得无非子让袁克定乖乖地在相室里坐了好几天,每日上午两小时,下午两小时,无非子一字一句一板一眼地给他相面。

"舜目重瞳,方获禅尧之位;重耳骈肩,才兴霸晋之基。额方阔,初主荣华;天庭高,富贵可期。论相以头为主,以眼为权,头看天中天庭司空中正,八十八、十六、二十、五十七,眉看彩霞,眼看少阳中阳太阳,三十九、三十七、四十一。请问尊家贵姓?"

"姓袁。"

论了半天相,连对方姓什么都不知道,明明卖的是生意口,耍把人。没办法,谁让如今有求于他呢,若在平日,早一脚把他踹跑了。

"祖籍?"无非子又问。

"河南项城。"袁克定耐着性子回答。

"当今民国大总统袁世凯项城大人是你什么人?"无非子万般惊奇地问。

"是我爸爸!"

"哎呀！"无非子一骨碌从太师椅上跳起来,呼啦啦将书案上的东西收拢起来,扬着声音喊着:"来人,送客。"

"咦,我说神仙,话才开了个头,你如何就往外撵我呢？"袁克定才刚听到几句大富大贵的吉祥话,自然舍不得就此走开。

"无非子只卜测众生吉凶,从不问天下兴亡。前几日接我去一家大户,我还当是老贤人要求问全家平安,谁料竟碰在军国要人面前。袁公子恕罪,区区无非子不敢妄言国事。"

"哎呀！"袁克定一挥手打断无非子的话,"这又不是让你当参议员,谁是谁非全与你无关。你只管看看我们老爷子的老运怎么样,再看看我这辈子能不能有大发旺。"

无非子似是被说服了,他缓缓地又坐在太师椅上,呷了一口茶,这才又平和地说道:"既然如此,无非子就只论个人福禄,不问江山盛衰了。"

"这就行,这就行！"

这一卦,无非子整整算了二十一天,他先算定袁克定龙凤之姿,天日之表,来日必能济世安民,天生一副皇帝坯子。他又批了于夫人的生辰八字,袁世凯生于咸丰九年己未,属羊,于夫人生于同治元年壬戌,袁世凯生于农历八月,八月羊,草正肥,天赐机遇,一辈子发旺,难得又有位属狗的贤内助,如此已是未羊戌狗永兴旺了。且于夫人的父母又全是龙凤之命，只因为八字中一道"坎"未能得势于天下，因此两位贵命留下一只凤雏，于夫人当有至极之尊。至于袁世凯本人，那就更没的说了。

无非子算定，袁世凯只有称帝一条路可走，而且要登极必得在今年举行庆典，因为今年是卯年，大吉，而且国号要定为"洪宪"，此中的讲究全写在秘折中，只能让袁世凯一个人看。为永固基业，要铸鼎，要制龙衣，钟鼎的讲究、龙衣的忌讳，无非子一一作了交代。至关重要，袁世凯命中注定有一百单八名妖魔兴风作浪，因之龙座背后的屏风要雕出一百单八只葫芦，每只葫芦用来收一个妖魔，御用的瓷器要在河南烧制，要用河南的土河南的水河南的火，清一色藕荷淡红，要以葫芦形态描花贴金，时时刻刻牢记，镇不住一百零八个妖魔，袁世凯就坐不牢江山。

最后，无非子大笔一挥，秘奏袁世凯大总统，一方红纸，两个大字：

九九。

袁世凯迷信，除了实话之外，他什么全信。年轻时有人给他批八字，说他"贵不可言"，他就坚信自己这辈子准有出人头地的一天。在项城老家，有人给他家祖坟看风水，说他家坟地一侧是龙，一侧是凤，龙凤相配，主一代帝王，从此他就认定自己迟早得做皇帝。袁世凯每日午睡后要用一杯茶，专有一个童子每日按时给他送茶，泡茶的盖碗是他最喜爱的一件宋瓷国宝，他自己将这只盖碗看得比九个姨太太加在一起还金贵。活该这一日送茶童子不走运，自鸣钟打过点，送茶的时刻到了，他端着茶盘就往袁世凯卧室走去，和往日一样，他用胳膊肘将房门轻轻推开，不知怎么的，脚下只觉打了个哧溜，未来得及站稳身子，咕咚一下童子被门槛儿绊倒了。哗啦啦一声清脆的声响，那件宋瓷茶盅被摔得粉碎。

"什么人？"袁世凯午睡醒来，吃吃怔怔还当是闯进了什么刺客，一声吆喝，将跌倒在门里的送茶童子吓得全身发抖。

命丢了！送茶的童子知道闯了大祸，袁世凯倘发火恼怒起来，非得将他脑袋揪下来不可。到底这童子是大总统私邸当差多年练出来的精明，他顺势伏在地上，全身抖得似筛糠，一双手抱着脑袋，闭紧一双眼睛，只大声地呐喊着："龙！龙！"

袁世凯闻声走过来，看见伏在地上喊龙的童子，又看看摔得粉粉碎的宋瓷茶盅国宝，莫名其妙地问道："什么龙？"

"我，我……"那送茶的童子依然伏在地上闭着眼睛回答，"一条青龙盘在屋梁上。"

袁世凯回身望去，果然自己卧室的屋梁上画着白云游龙的花饰,莫非这画上的龙真的显灵了吗?

"那是画的龙!"袁世凯半信半疑地说。

"是真龙,身子盘在屋梁上,一对长须子摇动着,龙尾还摆动呢……"

"哈哈哈!"袁世凯笑了。

那件宋瓷茶盅国宝摔碎了不但没有问罪,那摔碎茶盅的童子还得了四枚金锞子的赏赐,奖赏他一双童子真眼看见了龙形……

所以,如今袁世凯看见无非子呈上来的"九九"密折,认定这皇帝的宝座坐牢了。袁世凯忌百,盈则亏满则溢,"百"不是个吉庆字,"百年"者,翘辫子也,唯九九是大吉大顺。一切照无非子的推算去做,一步一步,袁世凯终于踩着无非子的家伙点儿走起了台步。

轮到袁世凯身穿龙袍,天坛祭过天,登极称过帝,封了文武大臣的爵位,立了正宫东宫西宫妃子贵人,立了皇太子,接受了百官的朝贺,你想想,他能薄待了相士无非子吗?

用这笔钱,无非子在英租界买了一幢小洋楼,又从皇后舞厅买出来一个时髦走红的姐儿宋四妹,将余下的钱存入英租界汇丰银号,吃喝玩乐,他才真过上皇帝老子的日月了呢。

后来呢?后来袁世凯完蛋了,袁世凯倒台那天,《庸言》

报头版头条登载的文字是：

"无非子料事如神……"

人家相士无非子早就断定了，有密折为凭：九九。

九九者，八十一天也，袁世凯只能当八十一天皇帝。

　　无非子天生是做相士的坯子,用维新词汇,算得上是一位天才。

　　无非子祖辈的功德,已是无从查考,据他自己记忆,在他五岁时就去世的老爹是个忍气吞声的窝囊人。无非子少时家境贫寒,父亲去世后,寡母靠给绿营缝军衣度日。无非子记得那时的军衣不似今日各位北洋英豪统领下的兵士穿的制服,那时的军衣就是黑布对襟的大长袄,前襟是一排布纽扣,背后有一个斗大的"勇"字。每天要缝七八件军衣才能挣上吃喝,无非子记得他母亲就是白天黑夜不停地缝。一天早晨,无非子睁开眼睛,只见屋里黑蒙蒙,油灯早灭了,可母亲仍盘腿坐在炕角里,一手拿着一件军衣,一手捏着针线,人倚墙坐着,眼睛微微地合着。无非子孝顺妈妈,见母亲彻夜不眠,便心疼地想给妈妈披上一件衣服,谁料他凑过身子仔细一看,原来妈妈早不知什么时候断了呼吸。

　　从八岁开始,无非子到一家茶楼做小伙计,给客人端茶送水。

转眼间，无非子到了十四岁，一天早上，茶楼里来了位客人，小无非子恭恭敬敬地迎上去，引客人坐在一处清静的角落里，送茶送水寸步不离。客人才呷了一口茶，小无非子便将热腾腾的手巾送上来，客人才擦了脸，他又将杯中的茶水续上。客人说："你忙去吧。"他却执意不肯离开寸步，只围着这位客人团团转。

这客人一盅茶一盅茶足坐了半个多时辰，无非子又送上来蜜果、瓜子，给客人享用。眼看着临近中午了，茶楼下传来盲人算命先生敲打手锣的当当声，小无非子闻声匆匆跑下茶楼，不由分说，拉过盲人算命先生的马竿，直引他走上了茶楼。一句话也没说，小无非子将这位算命瞎子让到只待在茶楼角落里用茶的客人对面，给算命瞎子送上一盅茶，便远远地离开了。这时茶楼里陆陆续续来了许多客人，小无非子将这些客人全引到远处的座位上，那角落里只有那位早来的茶客和算命瞎子。

没过多久时间，小无非子又走了过来，他搀扶着算命瞎子站起身来，送他下楼，送他走出茶楼，这才又反身上楼回到茶楼里。

"店家掌柜。"那角落里的茶客此时已用过茶，正准备起身下楼，他扬手将茶楼掌柜招呼过去，向掌柜问道："这少年是你什么人？"

"是俺茶楼里小力笨儿。"掌柜恭恭敬敬地回答。

"你放这少年跟我走吧！"那茶客说着就从怀里掏出一只金元宝放在了桌面上。

"那俺就缺了个帮手。"不过掌柜看见桌上那只光灿灿的金元宝，便对缺个帮手不那么计较了。"若是喜爱，你只管领去，这后生倒是机灵，只是命苦些。"说着，掌柜忙将金元宝抓过来揣进怀里，唯恐这位不知来历的阔佬再变了主意。

那茶客将小无非子领走，穿街过巷，竟走进了威严堂皇的府衙门，走进门来众差役、师爷忙向这位茶客施礼，原来这茶客就是新来的道台老爷。

"小力笨儿过来，我且问你。"道台大人换上官服，将小无非子唤过去，无非子忙叩头拜见，然后笔直地跪在了道台大人面前。

"小民冒犯大人，罪该万死。"小无非子诚惶诚恐地乞求大人宽恕。

"小力笨儿，你今日何以在茶楼对我百般侍奉，莫非你对所有的茶客都这般精心吗？"

"回禀大人的示问，小力笨儿若是对人人都这样周到，那岂不是要活活累死？"

"你何以对我格外尽心呢？"道台大人又问。

"因为您老是道台大人呀！"小无非子不假思考地回答。

"我才到任三天，且又是微服私访……"道台大人以一种极是喜爱的目光望着小无非子，想问清楚他究竟怎样看出了破绽？

"早上，茶楼刚刚开门，您就匆匆走上楼来用茶，此时此际，无论是商贾或是士人，全不是用茶的时候，所以您走上楼台，我就格外当心。凭我素日的体验，茶楼清闲的时候，茶客想找个临街的地方闲坐，一是用茶，二是凭窗瞭望，也是消磨时光；可您上楼来目光一番巡视，却偏往那僻静处注意，我自然就引您老找了个最僻静的所在。"

"倘若我是性情孤僻的隐士呢？"

"那我只要将茶送过去，也就可以走开了。"小无非子颇得意地回答着，"可是我见您身子才在椅子上坐稳之后，不由自主地双脚竟悬了起来，悬空后踏了一下，没有踏到垫脚的木垫，这才双脚落在地面上。您想，除了坐堂的大老爷，谁有坐定身子抬脚寻踏垫儿的习惯？"

"哈哈。"道台大人开心地笑了，"果然是一个伶俐的少年。"

"光见您悬起双脚寻踏垫，我还不至于如此精心侍奉，倘若您是个退隐的官员，不也是悬脚寻踏垫吗？"

"说得有理。你又是怎样看出我正在位上的呢？"道台大人更深一步究问。

"我将茶盅呈上之后，您只轻轻地咂了一口，然后举起茶盅从肩上向后递过来，这就非同小可了，我断定侍奉您老用茶的人必时时站在您老人家的宝座后面。倘不在位上，即使有家丁仆佣，咂过茶后也会将茶盅放回案上的。再一想，茶楼里早议论新大人三日前到任了，我料定您必是微服私访的新大人无疑了。"

"啊呀呀，果然是神童也，快、快站起身来回话。"道台大人高兴地赞叹不已，小无非子叩头谢过恩典之后，便恭恭敬敬地站起身来。

"侍奉您老人家用茶的时候，我就暗自琢磨，道台大人微服私访，来这茶楼里访谁呢？倘要询知民间疾苦，该要等到下晌茶楼满堂的时候，那时茶客多，七嘴八舌，从中自能得知一些民情。可此时此际满茶楼只一个人，道台大人想访什么呢？"小无非子自己询问自己，然后又斩钉截铁地自己回答说："来这里等人。"

"又让你猜中了。"道台大人又点点头。"可是，你如何就知道我等的人就是那个盲人算命先生呢？他可是只敲着手锣在街上走呀。"

"盲人算命先生敲打手锣是为了招徕生意，他必是缓缓地敲，慢慢地走，耐心地等待有人招呼。可这位算命先生敲打的手锣声竟风儿一般急匆匆愈响愈近,可见他唯恐被人拦住拉走,只是将手锣作为暗语,告诉那等候他的人自己来了。您想,我不下楼将他引上来,岂不是白侍奉您这大半天时光了吗?"

"哈哈哈哈!"道台大人笑了,"赏!"一声命令,按照惯例,小无非子得到两串大钱的奖赏。

从此,小无非子侍奉在道台大人的身边,他开始识字读书,并跟随道台大人阅世,三两年间,凭借他非凡的天资,他也成了个不入流的小秀才了,凡是道台大人读的书他全读,道台大人无论做什么事全都瞒不过他。他竟似药铺的伙计一样,站几年柜台,耍几年戥子,无师自通,他也能开几张药方了。

不知道犯了一桩什么案子,皇帝老子发落下来,道台大人被罢了官,被抄了家,抄得寸草不留,不光抄走了金银细软,连屎盆子尿鳖子都一股脑儿抄走了,最后几辆木栅栏车,哭爹唤娘装走了道台大人的老婆孩儿,按理说本应该灭门问斩斩草除根的,后来因皇帝老子开恩,便将前道台大人的宝眷插上个草标儿卖到旗里做奴才去了。前道台大人自然要杀头弃市的,偏偏行刑那天,不知皇族里哪位杰出人物居然出水痘能够开了花,戒杀。因为皇族的凤雏龙子们大多闯不过天花这一关,一个个白忙活半天,最后都断送在这可怕的"家病"上，这么着，当朝的老祖宗颁旨，赦免，凡是今日行刑的死囚一律免死；谢主龙恩，前道台大人白捡了一条命。

五年之后，皇帝和老祖宗先后归天了，三岁的小皇帝继位，摄政王们锐意纠正前朝弊政，查到前道台大人头上，虽不给以平反，但总也算处罚过重，糊里糊涂放出来，只是老婆孩儿找不到了，便让他设法自谋生路。到底，小无非子忠心不改，从此他又和老恩人团聚相依为命，两个人同舟共济度苦日子。

前道台大人身无一技之长，做官的时候会吓唬老百姓，会整治老百姓，会打老百姓的屁股；轮到他成了老百姓，他就只能靠糊弄老百姓，耍把老百姓糊口谋生了。这位前道台大人凭借着自己当年研习《易经》的独到见解，凭借自己多年来的一点点特殊喜好，再加上当年审案时差役们抄家呈送上来的许多单传秘本，以及在位时审理案犯听那些欺世之徒的种种招供，无须求师，挑起一面旗儿，前道台大人做了江湖术士，从此更名为嵩山道人，操起了相面算命的营生。这位嵩山道人因为曾混迹过官场，且又是科举出身，所以他专门给求功名的儒生和求利禄的官员相面算命，而且他既精易课，又善弄玄虚，所以无论是相人论世，保证字字灵验。

原来的一名小京官奉旨调任福建，走马上任前找到嵩山道人求问指点，嵩山道人一番卜测之后批下来两句话：山上大虫任打，门内大虫休惹。这位新官心领神会，到了福建凡是当地有权势的地头蛇一概不敢触动，因为门内大虫者，闽也，休惹，就是得顺着他，天高皇帝远，在当地是他们的天下。山上大虫，草寇也，新官上任三把火，抓几个草头王振振官威，从此便和门内大虫们一起欺上瞒下作威作福好了，保证稳稳当当。

　　还有一次，一个刚刚捕到的刺客越狱跑掉了，皇帝老子大怒颁下圣旨，着地方官三日内必须缉拿归案，否则要这位地方官以自己的脑袋抵数。这位地方官自然舍不得自己的脑袋，便顺势将嵩山道人一道牙牌抓来，命他三日内必须算出这个要犯逃向何方潜在哪里，卜测不出来，判你这些年欺世诳世，将你和你徒弟两人的脑袋一同揪下去，折合成本地方官的一颗人头交差抵数。嵩山道人要过逃犯的生辰，真真假假地掐算了半天，最后领着两名差役走了。走出城来翻山越岭，最后来到那个逃犯的家乡，嵩山道人在村里转来转去，只见一位老妇人倚在门槛旁一双眼睛紧盯着一处池塘，嵩山道人再顺着老妇人的目光向池塘望去，又只见池塘里一片荷叶在轻轻晃动，当即嵩山道人做了个暗示，两名差役哗哗跳下池塘，呼啦啦从水里揪出一个人来，这人满身的泥泞，头上顶着一片荷叶。不容分说，两名差役上去就绑，咕咚一声，那老妇人跑过来跪在了差役面前，二位大人手下留情，我儿是报杀父之仇呀！

嵩山道人，就这么大的道行。

跟着嵩山道人混世，与其说是小无非子侍奉师父，不如说是嵩山道人感谢小无非子的不忘旧恩，嵩山道人只管卖弄玄虚，小无非子包揽了台前台后的全部角色，而且还得操持生计，否则嵩山道人连饭都吃不上。为感激徒弟的一片真情，嵩山道人把自己全部的学问都传给了他，此中不仅给他讲经史子集，更传习给他易学，给他讲《十筮正宗》《三元点禄》等等成套的相书。最最看家的东西，嵩山道人当年办案时抄过几处江湖术士的老窝，扒屋掘地，他得到了三册秘传的真本：《英耀篇》《札飞篇》《阿宝篇》。三册秘传真经全是黑话，前道台大人就给犯案的江湖术士戴上柳，一面用刑一面逼他们讲解。果然，杠子下面必能压出真话，江湖上的传家玩意儿全让做官的知道了，江湖术士只知糊弄百姓，官员们一旦变成了方术之士，就能连老百姓带皇上一起糊弄，你说说这中华古国能不兴旺吗？

嵩山道人传授真经，必在夜深人静之时，那时嵩山道人和无非子面对面坐着，嵩山道人说一句，无非子默记一句，嵩山道人讲一句，无非子明白一句。因为这三篇真经要字字记在心间,决不能似读书人那样录在纸上用时翻阅。

"急打慢千,轻敲而响卖。隆卖齐施,敲打审千并用。十千九响,十隆十成,敲其天而推其比,审其一而知其三……"

讲的是征服对方的手法,相士给一个人相面,其实对这个人什么也不知道,不要紧,"急打慢千",用话套话,"我看你满面暗晦之色,这一年之内你必遇到过大事吧?"对方不由长长地叹息一声,好了,这就算咬钩儿了。

给小百姓们相面算命,多不过是算算父母的寿数,或者是命中有没有子息,再就是吃了官司如何逃脱。最难的是给朝廷算命,算一算本朝的江山还有多少日月,说穿了吧,算一算什么时候亡国,这可就非同小可了。

嵩山道人就被这样一课难题累死了。

德宗归天,溥仪继位,到了宣统年间,国内已是一片大乱了,列强霸占中国飞扬跋扈尚且不说,各地各省已是今日这里起义明日那里倒戈,消息传来或是光复会成立或是革命党发动暴动,大清朝廷已是岌岌可危。京城住不下去了,江山没什么指望了,王公贵族便各打各的主意,有的到天津租界地来买地皮盖公馆,有的索性将财产转移到蛮夷之邦,准备一旦到了树倒猢狲散的时候逃之夭夭。可是这些人又怕自己看不准,倘一时乱了方寸,小不忍则乱大谋,早逃走一天,趁乱乎劲就少捞不少便宜,谁都想做最后一个收底儿的人。于是不约而同，你也来我也来大家一同找到嵩山道人头上，让他给当今的朝廷算一命。

这可真难办了，朝廷的事谁能说得准？明明看着不行了，不知怎么一鼓捣，他又对付几年，百足之虫尚且死而不僵呢，何况堂堂一代江山？可这万世昌盛的保票又谁也不能开，有时候明明瞧着能耍把一阵子的，偏偏他又玩不转了，谁也说不准是怎么一档子事。

天逼着小无非子年纪轻轻就要成大事业。嵩山道人应下这一宗生意，自然很是收下了一笔钱财，他立即用这些钱买通许多人去关外各旗寻访他的妻儿，妻子寻不到了，带回来的消息说发配的路上寻了短见，独根苗的儿子找了回来，父子俩重逢时抱头痛哭，为逃避官家追究，那儿子连夜便带上嵩山道人的所有积蓄匆匆逃匿他乡隐名埋姓苟且偷生去了。嵩山道人办完自己残年要了却的唯一一桩心事，正想安下心来正儿八经地算一算大清朝廷什么时候亡国，不料，一天早晨他死在了被窝里。

无非子想跑，但他师徒二人早被人看住了；无非子想推托师父去世，自己又无力道清这课命相，那就要退出成千上万的银子，自己还要落个流浪街头。更何况这课命相推算出来，还有一大笔的收入，刀山要上，火海要闯，无非子放言师父去世前已作了许多交代，还要几步流水，批字就出来了。

转眼间到了宣统三年,公元一千九百一十一年,无非子示出了两句批字。第一句:得之者摄政王,失之者亦摄政王。第二句:得之者孤儿寡母,失之者亦孤儿寡母。

王公贵族们得了这两句批字,便各打各的主意去了,一时之间瑞士各个银行来自中国的存款激增,各租界地的地皮价码暴涨,大家心领神会,没指望了。

果不其然,未出半年,宣统退位,大清朝亡国了,完了。

何以谓之曰:得之者摄政王?吴三桂引清兵入关,率兵入主中原的是多尔衮,多尔衮是摄政王,是他得的天下。失之者摄政王,溥仪当朝年仅三岁,朝政里的事全由载沣摄政,清室退位诏书就是隆裕太后和他最后商量后颁布的,这岂不是失之者摄政王吗?

第二句,得之者孤儿寡母,那是指多尔衮入关至燕,从北京城打跑了李自成,他自己不能称帝,便迎请世祖母子入京,天下就到了孤儿寡母手里。失之者孤儿寡母,溥仪和隆裕太后,不正是孤儿寡母吗?

无非子一炮走红,一亮相便做了大明星。

4

　　无非子这几年得意,趁着北洋军阀混战天下大乱,他很是发了大财,有人估计他如今的财产总值不低于国务总理大臣。他有了钱除了挥霍之外,也学着有脸面的人物那样存进了外国银号,只是他比所有的人都聪明,别人只在外国银号开账户,他则租保险柜,他将自己赚的钱买了些瓶瓶罐罐名人字画,然后送到外国银号地下室的保险柜里。无非子说莫看这些东西如今只被当作破烂儿摆在地摊上,将来有一天世界上找不着中国了,这些古董字画就是中国,如今一轴宋人山水不过是一双布鞋的价钱,来日就是无价宝,骑驴看唱本——走着瞧吧。

　　发了财还不能抽身不干,你想洗手,世人还舍不得你,所以依然设下大大的相室,每日坐镇天祥商场等大生意。每日来天祥商场闲逛的人成千上万,谁也不敢进无非子相室的大门,天津人都知道,无非子是活神仙,只推一下山门,就是大洋二百元。

门可罗雀，但门内热闹，无非子相室终日高朋满坐，就是靠这几个朋友，无非子才敢垂直钩钓大鱼。

每日来无非子相室闲坐的有四个人，这四位大人先生均非等闲之辈，有必要在未涉及麻烦事端之前，先作些概略的介绍。

无非子相室的首席贵客是绰号哈哈王爷的德王爷，这位王爷三十岁的饭量，五十岁的精神气，七十岁的年纪，很可能不会说话，一生没使用过几个词汇，只是放声哈哈大笑，有人说道"如今这世道么……"德王爷便仰过身子哈哈大笑，有人讲起东洋武夫西洋兵舰来，德王爷又是哈哈大笑。你说吴佩孚，他哈哈笑，你讲段祺瑞，他也哈哈笑；你说神驹蛟龙，他哈哈笑，你说屎壳郎虱子臭虫，他也哈哈笑。反正这位德王爷就是只会笑，久而久之大家便只称他是哈哈王爷了。

第二位贵客是布翰林，这个布字原不在百家姓，据说他祖辈上是旗人，如今依了汉姓，还有人说他原就是汉人，后来投身于旗籍。布翰林是位背景十分复杂的人物，在天津做寓公，他貌似一位隐士，但在关内关外，他还很有些名声，无论是官场、军界、民间都视他为社会贤达，兴参议会时他被选为参议员，兴民意厅时他做过民意代表，他永远代表民众参加选举，他一举手就是法律生效，他一吃肉就是民心顺畅，所以对此公切不可等闲视之。只是这位布翰林终生不使用自己的词汇，无论你上句说什么，他都以一句诗文作答。你说翰林今日何以来迟了，他便答道："睡觉东窗日已红。"典出于宋人程颢的诗："闲来无事不从容，睡觉东窗日已红。"你赞扬老翰林一生清高，他便自诩是"看尽人间兴废事，不曾富贵不曾穷"。他爱喝酒，"唯有饮者留其名"。半夜回家路上一个人害怕，他也有诗："狗吠深巷中。"源出于陶渊明《归园田居》。

第三位贵客，青皮混混左十八爷。这位左十八爷最是斯文，终日衣冠楚楚，长袍马褂黑纱帽翅礼服呢布底家做便鞋，坐有坐相，站有站相，一举手一投足都有板有眼。见了文墨人，凡是具有小学毕业文化水平以上的，均称先生，而且要拱手施礼，先生要先坐下，他自己才肯坐下，和先生们说话不能带一个脏字，对妈妈姐姐之类女性亲属一律不得稍有辱谩。见了粗人，他比谁都粗，敞着怀，一只脚蹬着凳儿，从妈妈姐姐骂到姥姥舅娘，稍一动怒，脱下大袄狠狠摔在地上，软家伙硬家伙都能陪你耍一阵子。左十八爷有许多优点，其中之一是不惹事，从来不主动寻衅闹事，走在路上被人踩了鞋，他自己俯身提起来继续走路，遇上混星子见他乖乖自己提鞋，还要撇着嘴巴问一句："愿意吗？"他还是不答腔。混星子还是欺辱人，又过来故意在另一只鞋子上踩一脚,左十八爷仍然面无愠色,再一拳打过来:"今日爷欺侮的就是你。"忍让不过三,左十八爷骂一句"小王八羔子",一拳挥过去,少说也要砸断你三根肋条。

无非子相室的第四位常客,《庸言》报主笔,报棍子刘洞门。刘洞门神通广大,消息灵通,天下没有他不知道的事,没有他不能成全的事,也没有他不能拆台的事,这类人,俗称混世魔王、拆白党,集社会贤达与社会渣滓于一身。平白无故登一则新闻:聚合成饭庄夜宴、金融巨子赋诗。不过是造了大通银号董事长一点小小的谣言,说他在段祺瑞下榻的春湖饭庄例行的夜宴上即席赋诗一首,以表示对皖系力量的信赖。好了,第二天大通银号抢提存款的市民挤得水泄不通,只半天时间就提光了全部存款,直急得大通银号董事长开着汽车满天津卫找刘洞门,五千元大洋求他再发个消息说昨夜一首打油诗只不过是恭维某位小姐的非凡姿韵,与连吃败仗的皖系势力毫不相干。

有了这四位好友,相士无非子稳坐在无非子相室里就没有得不到的消息,没有探不明的幕后活动,也没有办不成的事,没有说不圆的理儿,再加上弟子小神仙鬼谷生穿针引线,还有交际花宋四妹暗中辅佐,无非子还能不是神仙吗?

无非子相室白日悄无声息,只有苍蝇在窗玻璃上懒洋洋地爬,下午四点相士无非子午睡醒来,走出相室和毗邻的几位相士同行寒暄几句，然后便又隐进相室再不见踪影。入夜十时，几位贵客相继光临，泡上酽茶，天南地北海阔天空好一阵穷聊，翰林谈史，混混论世，王爷哈哈笑，刘洞门满嘴食火胡说八道。午夜十二点，翰林累了，乘自家包月车回府休息，余下无非子、混混左十八爷、刘洞门和哈哈王爷，正好东南西北四门，摆好八仙桌，拉开方城之阵，四个人打起麻将牌。麻将桌上，哈哈王爷输的钱越多心里越美哈哈笑得越爽朗，左十八爷无论输赢都将牌在桌上摔得震天响，刘洞门玩的是摸牌，一张牌抓过来，要在手指间摸来摸去，摸得没有半点差错，无非子呢，眼睛盯着自家门前的牌，耳朵听着众人的话，心里琢磨着自己的心事。

"到底是张大帅的兵马厉害呀！"麻将牌桌上的局势稍事平稳之后，刘洞门又想起了不稳定的政局，"阎锡山的兵守着家门口竟吃了败仗。"

"五条！"混混左十八爷重重地将一张牌摔在桌上，随之将门前的牌呼啦啦推倒，"我'和'了！缺一条，砍五……"他一张一张地数着牌，为自己的胜利论定等级。

众人无心看他的牌，只稀里哗啦地又洗起了麻将，摆成方阵，一对一对地抓起来。

"张作霖这两年正是红火。"无非子抓着牌讨论起来，"你瞧他的面相，明珠出海，龙脑凤睛，很有几年好日月。"

"阎锡山相貌也不凡呀！"刘洞门和无非子争辩着，"我看他比张作霖更有帝王相。"

"阎锡山明珠出海未出海，他盘踞山西，离着日本人的势力太远，这一点他的命相就不如张作霖。所以如今奉军和晋军交上火，奉军旗开得胜，晋军溃不成军。"无非子对兵家的火并争夺了如指掌，一时之间说得来了兴头。"你瞧，张作霖本来派下一个军长去丰镇检阅军队，车过大同，阎锡山的军长以为是发下来夺地盘的兵马，糊里糊涂两家就在柴猪堡交上了火，偏赶上张作霖的军长火力壮，三下五除二就把阎锡山的军长打败了。暗中我给这两家测过，张作霖的军长姓榮(荣)，两火攻木，地在柴猪堡，当然要打胜仗。"

"有理，有理。"刘洞门连声称赞。

"阎锡山偏派了个袁军长守柴猪堡，不吉，木以克土，土命人何以守得住这地方呢？"无非子得意地说着，"啪"的一声，他摸到一张东风，狠狠摔在桌上，他赢了。

"不出三日，一定有人来找你相面。"刘洞门双手洗着麻将牌说着。

"张作霖的荣军长巧取柴猪堡，当然勾起了武夫的野心，回关外路过天津，一定要找个地方问问今后的运气。"

"狠狠敲他一杠，打胜仗发了洋财，兵家常说，攻下一关，胜过得一金山，要不他们怎么会打得这么来劲呢。普天下顶顶发财的生意,就是打仗,没本万利。"

"哈哈哈!"哈哈王爷笑了,他门前的钱钞早已输光,此刻正从衣兜往外掏钱呢。

搓过四圈麻将,哈哈王爷净输大洋二百,其余三家分别赢得大洋七十、六十、五十不等,四个人伸着懒腰,打着哈欠,看见屋角里的德国大座钟,已是清晨六时。这时徒弟小神仙鬼谷生已从天祥后门外的店铺买来鸡蛋煎饼馃子、锅巴菜、小枣黍米饭、炸糕、大麻花,四位爷由用人侍奉着洗过脸,用过茶,坐到外间茶室开始用早餐。早餐用过,哈哈王爷累了,由用人搀着有气无力地先走一步。左十八爷恰好今晨有个约会,杨庄子外要去会会朋友,双手抱拳告辞了。刘洞门自然要去报馆,笑眯眯地走了。

麻将桌旁侍候了整整一夜,用人们分过"头儿钱"各自回家去了,无非子相室只剩下了无非子和鬼谷生二人。按照每日的习惯,每天早晨是无非子和宋四妹会面的时间,无非子要去英租界为宋四妹买的小洋楼里舒舒服服地睡一觉,下午三点才会再回天祥坐相室。鬼谷生侍候师父穿戴停当,送师父先出内室,茶室,外室,才伸手拉开相室大门,正等师父迈步出去,不料噔噔噔一阵马靴声,兜起一阵黑风闯进来一个赫赫然不可一世的人物。

"相士不会客。"鬼谷生抢先一步迎上去,想把这个鲁莽的汉子推走，不等鬼谷生伸手，早一左一右走上来两个军人，一人一肩膀便将他远远地抗开了。

这时，无非子和鬼谷生才看见，相室门外早齐刷刷站着四名军人，威武的黑军衣，武装带，亮锃锃大马靴，屁股后面别着盒子炮，盒子炮下垂着红缨坠儿。无非子出于职业习惯，一眼便断定是奉军的打扮。

陪同这个莽汉走进相室来的两个少年军人，自然是随身的马弁了，两人全是二十岁上下的年纪，英俊、骄横，上衣口袋挂着金怀表链，裤口袋露出一点粉红手帕，表示自己既是长官的通信兵，又是长官的宠幸，白净脸洗得干干净净。

气势汹汹站在屋子中央的莽汉，没有穿军衣，一件青色软绸长袍，藕荷色缎子马褂，不像士绅，又不似名士，土不土洋不洋，脚上穿着昨晚上才在天津卫买的英国绅士包头儿黑皮鞋，看得出来，皮鞋上没有一丝皱纹。再端详这人的长相，更是奇丑无比，他脖子比脑袋粗，腰比肩头粗，腿比腰粗，明明是干庄稼活累出来的一把硬骨头架子。但他发了大财，保准是当土匪时干过大营生，眼睛发直，目光呆滞，黑眼球儿一动不动，鼻孔奓着，呼吸粗声粗气，看得出来是杀人杀得红了眼，必是才从沙场上下来的屠夫。

"哪个是相面的师父？"莽汉操着关外口音，不等回答，一屁股坐在了太师椅上，两个马弁随即站在左右，个个拉好架势,随时准备还击意外谋杀的刺客。

"问命相面要到下午。"鬼谷生抢着回答。

"我没有那份闲工夫。"莽汉一股不讲理的野蛮腔调,"在这疙瘩换车,就他妈半天时间,抓空儿给我相相面。"

"我家师父从来不接待匆忙的过客。"鬼谷生尽力和莽汉拖时间,他知道这一关是闯不过去了,来人如此气粗,必是个顶顶混账的人物,惹不起便只能百依百顺,只是多给师父一些时间,让他好仔细端详端详来人,到时好百说百应。

"我给他钱!"莽汉一扬手,两千元现钞拍在了桌上,"算灵验了,我还有奖赏,拿下块地盘来,我封他去做县长。"

"既然尊家有所求问,也要先将生辰尊造送上来,容我家师父细细批阅,三月之后才能论命。"

"瞧你说得也太邪乎了,哪有这么大讲究?啥叫生辰八字?俺连自己是哪年生的都不知道,也没个生日,哪天发财哪天就是生日。你师父不是会相面吗?俺在火车上就听说了,无非子,活神仙,前知三百年,后知三百年,做官的带兵的都得求他批一句话,俺就求他给俺相相面,鼻子眼睛是明摆着的,脸门儿上有个黑痣,屁股沟上有个红痣,左胳膊肘上有块胎痣,脸上有几颗麻子,这不碍相貌的事。我说,我可没这么大闲工夫,惹得我发了火,我可不好哄着呢,快叫你师父出来。"莽汉有些不耐烦了,他大手掌拍着椅子扶手,鞋底儿磕得地面梆梆响。

趁着徒弟鬼谷生和莽汉东拉西扯，无非子将来人作了细细的观察，此人是个军人，而且必是奉军，他坐在椅子上无论多凶，却一点儿也不想解衣服扣，这是奉系军人和其他派系军人最大的差别。段祺瑞的兵，进门先抬手解风纪扣，嫌那劳什子勒喉咙。吴佩孚的兵，未进门先脱外衣，人走进屋里已是光膀子了。只有张作霖的兵，军长也不敢松风纪扣，张作霖住在沈阳，不会查营房，但各地驻军各有大令，大令就是张作霖发下来的大令箭，先斩后奏，大令所到，全军肃立，军长衣冠不整，大令执行官照例扇三个大耳光子，绝无例外。

奉系如今正在扩大势力，几个军长率兵进关正在为张作霖打天下，昨夜麻将桌上刘洞门讲的柴猪堡，前不久刚落到一个荣姓军长的手里。越在一旁端详，无非子越断定此人必是奉系的荣军长无疑，他为张作霖意外地打了胜仗，张作霖必招他出关受赏，大同到天津的车昨晚上到站，这个军长必是昨夜才到的天津。下午一点有一趟跑沈阳的车，趁换车的时间他来相一面，想重新安排自己后半生的打算。这丘八连打了几个胜仗想入非非了，问问自己有没有坐收天下的造化。

"尊家既然有所求问，那就请相室内落座吧。"无非子将来人已看出七八成来历，便走上前来向对方说道。

"哟，原来你就是神仙，瘦瘦巴巴的，还真没瞧出来，我姓……"

"无非子只问尊造，不问尊姓大名。"

"嚇！好大牛屁！"

莽汉站起身来随无非子向相室走去，抢先一步，两个马弁从背后窜了上来。鬼谷生见状伸出胳膊挡住两个马弁，客客气气地说："留步。"

"不让进？"两个马弁一齐问着。

"相室如同净界，只能我家师父和问客进去。"鬼谷生此时决不让步，身子站在门口至死不肯闪让，两个马弁相互望望，但又不放心只让长官一个人进去，伸长脖子将脑袋探进相室，看看相室内确实没有埋伏，这才留在门外分两厢站好，两个人的手同时握着屁股后面的盒子炮，准备随时听候招呼。

走进相室，无非子只觉腹间似有一团烈火涌了上来，立时全身的血液沸沸扬扬，一股奇异的野性在激激荡荡。糟糕，无非子想起一个小时之前刚刚服下刘洞门送的补药，此时必是开始发作了，他全身烧得火烫火烫，眼前金星闪闪，耳边一片嘯鸣，连稀疏的几根头发都立起来了，此时此刻他已完全不能控制自己，他想奋起来推倒一座山，砸碎一块巨石，一生一世，他从来没这样兴奋过，从来没这么壮健过，老祖宗留下的秘方果然灵验，瞅冷子让儿孙们来一股邪兴劲，一个个还真是英雄好汉，可惜去不成宋四妹处。

"神仙，咱俩是马尾巴点鞭炮，要的是个响梆利索快。"走进相室，那莽汉只急匆匆挺身站着，连屁股都不肯坐下，便对无非子说着，"我也没工夫听你细批八字，只求神仙给我个示下。"

"尊家必是求问武运。"无非子恨不能一时将这个不速之客打发走，便开门见山地说道。

"神仙好眼力。"莽汉翘起大拇指赞叹着。"我哩，不是属虎，就是属牛，全是混不讲理的牲口，爹娘死得早，也没有给记着生日。神仙只看看我面相吧，打开天窗说亮话，如今我正在打仗，神仙看看我是当进，还是当退？"说着，莽汉昂起下巴，让无非子端详尊容。

无非子强忍着血脉里涌动的一团烈火，装模作样看了看莽汉的面相，然后唠唠叨叨地说道："相人之身，以骨为形，以肉为容，以骨为君，以肉为臣。首相贵峻不贵横，贵圆不贵粗。论尊家的首相，头骨丰起而峻厚，额头方阔且突兀。人之首相贵者莫出于头额之骨，奇者莫出于脑骨……"

"神仙。"莽汉粗声粗气地打断无非子的话说，"你论的这些俺也听不明白，你不就是理论俺是个大梆子头吗？打从小也没长圆过,谁见了都要敲几下梆子,可他娘没少受气。"

无非子不理睬莽汉的打岔，依然头头是道地论说他的相貌："额广阔、发际深、有禄位,子息四五人。"

"神仙灵验,俺有四个小崽子。"莽汉一拍巴掌更是信服得五体投地。

"山根之上,柴云火星,光熙精舍两相辉映,禄仓满,法令明,十星六水,七二看八一,丈尺对崖足,虎耳走地轮,有一步罡星,只是要护佑众生,莫冲了天罡。"

"俺不杀老百姓。"莽汉插话。

"当进!"无非子一挥手作出了决断。

"进?"莽汉狐疑地询问。

"进!"无非子回答得斩钉截铁。

"进!"莽汉终于重复了一遍无非子的批字,然后转过身噔噔噔地大步流星走出相室。

一阵旋风,莽汉、两个马弁、四名卫士一时消失了踪影,看看座钟,此时是早晨七点十分。

做梦一般,白捡了二千元大洋,鬼谷生收拾停当,再找师父,无非子早也连个影儿都看不到了……

5

鬼谷生这一上午过得更清闲，一觉醒来已是中午十二点，下楼去万顺成吃了一餐羊肉蒸饺，又去玉清池美美地烫了个热水澡，一分钱没花还白喝了半壶高末茶水。回到天祥商场，楼梯拐角处正遇上蟾宫娱乐场的伙计，他早答应等有好戏带他去后台蹭一场，恰今日是上海芙蓉班的姑娘表演十八美女出浴，鬼谷生在后台一个角落里坐好，真真切切看着台上的美女们入浴出浴，这些美女个个都满身涂着油，灯光下照得又白又亮，在台上千姿百态一番表演，走回后台披上袍子，接过孩子就喂奶。又一声铃响，扔下孩子甩掉袍子又跑回台上，其情其景看着真让人恶心。没等散场，鬼谷生便从蟾宫走出来，路经二楼小书摊，死皮赖脸要了一本十八式画本，回到相室悄悄细看倒比看赤条条的美女出浴还过瘾。

时钟敲过三点，师父该回相室了。今日是飞来凤，天才亮就白赚了二千元，那武夫抢来的钱没处糟践，是他自己心甘情愿双手送上来的，少不得宋四妹又能添一件裘皮大衣，自己也能得几个赏钱。将相室收拾得窗明几净，看着似神仙修行的地方了，昨夜遍地的瓜子皮、苹果核儿、香烟屁股通通不见了，换上的是线装书、折扇、文房四宝，俨然成了仙境。

嘀嗒嘀嗒，转眼到了四点，仍未听见师父的脚步声，鬼谷生向窗外望望，逛天祥商场的闲人走来走去，就是不见师父的踪影。这就奇了，自从无非子在天祥设相室，十多年来他还从来没"晾"过场，风雨无阻，每日准准下午三时坐相室，莫非今日白得了几个钱和宋四妹女士睡得过了港？再等等，茶凉了，无非子的习惯，进得相室先一杯热茶，送迟了便要给颜色看，他喜爱鬼谷生，就因为只有他侍候的茶水浓酽可口冷热适中。茶水事小，这小子会揣度人心。

直到下午六点，无非子还没有到相室来，鬼谷生心慌了，他凭窗向楼下的街道瞭望，车来车往，不像是出车祸的样子，天津老城街道狭窄，无论哪个街口轧着什么人，便是半城的交通堵塞，而且天津人爱看热闹，听说什么地方电车撞死了人，连行动不便的老人都得让儿孙们搀着去瞅瞅热闹，此时此刻行人面色平和，街上秩序井然，师父不至于出什么意外。

"鬼谷生！"

约莫到了晚上八点，一声娇声娇气的喊叫从门外传了进来，鬼谷生急匆匆迎出去，似是炮弹打开了大门，一阵旋风闯进来了宋四妹。宋四妹，穿戴得妖艳异常，红绸子斗篷，苹果绿长裙，金光闪闪的高跟皮鞋，雪白的长纱巾，搽着粉描着眉抹着胭脂涂着口红，一连七八年，宋四妹自称二十岁，如今看上去也还是至少不会多于二十岁的年纪。进得门来，脚步没有站稳，宋四妹冲着鬼谷生劈头问道："你师父哩？"

　　"他老人家上午没去您那儿？"鬼谷生一种职业本能，推料无非子上午一定没到宋四妹那里去，倘无非子中午从宋四妹住处出来，宋四妹不会此时急匆匆来相室找无非子。

　　"天呀，他准是让人绑票了！"宋四妹一屁股跌坐在沙发上，哭天抹泪地号了起来。

　　"宋小姐先别闹。"鬼谷生不称宋四妹是师母，而只称她是小姐，其用意在于成全师父的名声。"黑道上的人不和走江湖的找别扭，他敢绑咱的票，咱就敢掏他的窝，给警察署长相一面，告诉他奔什么地方去，准能升官发财，一句话就将他们卖了。"

　　"可是从早晨就没见着他的面儿呀，这些日你没见他跟什么小妖精来往吗？"宋四妹怕无非子另有新欢，有所怀疑也不为过分。

"宋小姐玩笑了。"关于师父的私事,弟子鬼谷生不便评论,他只将话题岔开,谈正经事。"必是师父早晨出相室后遇到了什么蜂仔,不一定是刮亮折丙(图财害命),说不定是封千堵井(囚人封口)。我看,小姐先回公馆,您在这儿久留也不方便,我赶紧找左十八爷,有什么消息我跑给您老报信儿(向你报告消息)。"

经鬼谷生一番劝说,宋四妹擦着眼泪走了。

无非子失踪了,这倒真是天下奇闻,唱戏的失踪,被人绑了票;政客失踪,改换了门庭;武夫失踪,战死沙场;小姐失踪,跟人跑了;和尚失踪,过小日子去了;可这相士无非子失踪,他干什么去了呢?怪,怪,怪!天津卫竟出这种各色愣子事,算命相面的江湖术士,大睁白眼的找不着了,怪!

鬼谷生三言两语对用人作了一些交代,穿戴齐整急匆匆跑出相室,便要去找左十八爷。噔噔噔一步三级往楼下跳,楼梯拐角处,黑咕隆咚正好和一个往上跑的人撞个满怀。鬼谷生脚步不及站稳,才要向那人致歉,举目看时,原来是《庸言》报主笔刘洞门。

鬼谷生以为刘洞门又是和每日一样按时来无非子相室闲坐,便迎头告诉他说:"刘主笔,我师父今日从早晨就……"

刘洞门才没工夫听鬼谷生说话,他一把拉住鬼谷生,见楼道里没有人上楼下楼，这才将嘴巴凑到鬼谷生耳际万般神秘地悄声说道："快告诉你师父，柴猪堡吃败仗丢盔弃甲的袁军长昨夜溜到天津来了，他没脸去见阎锡山……"

"糟了！"鬼谷生狠狠地一拍屁股，无力地依在墙上。一切全明白了，明明是被杀得片甲不留的袁军长，却扮作是常胜将军荣军长的模样来找无非子求问命相，偏偏无非子聪明一世糊涂一时，何以今日就看错了"流子"，没头没脑一个"进"字批下来，吃败仗的袁军长必是恼羞成怒把人劫走了。

鬼谷生还要再问什么，但刘洞门来不及喘气儿又匆匆跑了，临走时对鬼谷生说："告诉你师父今夜我有急事……"

刘洞门走下楼梯，身影消失在人海里，鬼谷生来不及思忖，三步并作两步追上去，拨开拥挤的人群，算他走运，总算追上了刘洞门。鬼谷生一面追着刘洞门跑，一面压低声音对刘洞门说："主笔，今夜里您老在报馆等我，说不定师父有什么事要您帮忙。"

"干嘛？"刘洞门身子已经坐上包月的胶皮车，手撩着车帘向下问着。

"现在来不及说，这事麻烦了，等来日向您仔细禀报吧。"说罢，鬼谷生跑走了。

已经到了入夜十时，天津城一片灯火辉煌，前二年由意国电灯房给各家大商号装上了彩色灯光广告，灯光广告亮起来或是猫头鹰眨眼，或是雏燕群飞，老笃眼药一滴一滴地往下滴药水。谦祥益、瑞蚨祥更是哧溜哧溜变颜色变字儿，把满街闲逛的天津人一会儿照成红脸儿，一会儿照成绿脸儿，显得格外可亲。去年春上还是"话匣子"的时代，各家商号为门前热闹专有个伙计在门口摇留声机，摇一阵子放上一张唱片："百代公司特请梅兰芳老板演唱《醉酒》。"小锣胡琴响起，门外立时聚拢来许多行人。现如今日本的无线电传了进来，方便多了，只消将无线电高悬在商号门口，一会儿是京韵大鼓，一会儿是对口相声，"学徒小蘑菇侍候诸位一段相声，说得好与不好，请诸位多多原谅。"然后两个人答起话来："我说儿呀！"逗得满街民众捧腹大笑。

鬼谷生走在路上，无心看热闹，更无心听热闹，他虽说是天津卫的娃，但在天津卫最热闹的时辰，他总要在相室里侍候着。每日上午他可以出来，但天津卫上午没"戏"，一片冷冷清清，何况他正在年少，又知道许多淘气的门道，他多么盼着能洒洒脱脱痛痛快快地玩一个晚上呀。等着吧，等自己有了能耐能立足社会了，那时再挣钱花钱糟踏钱，风光日月在后面呢。

大步流星地跑着，过了四面钟、中原公司，绕过日租界，径直到了南市东口。南市是天津卫最热闹的地方，每天从晚八时到明日凌晨四时，笑声不断喊声不断哭声不断叫声不断。天津卫的人有了钱都要跑到南市来花，天津卫的人没有钱都要跑到南市来挣；天津卫的人不走运时都要来南市碰碰运气，天津卫的人交上好运都要来南市欺侮欺侮人。南市是天津卫人坑人、人玩人、人吃人、人骗人、人"涮"人、人捧人、人骑人、人压人、人踩人、人"捏"人的地方，青皮混混左十八爷就在南市霸着一方势力，这么说吧，在南市只要一看见左十八爷走过来了，连房檐上的猫都得赶紧找个道儿溜下来，左十八爷的毛病：头上只能有青天。

在南市，左十八爷没有准地方，每一家旅馆都有他的房间，每一家饭店都有他的雅座，烟馆里有他的烟室，几处有名声的"窑子"有他包的姐儿。跑过东方旅馆、亚洲饭庄，去过春花堂，找到落马湖，好不容易在一处落子馆里找到了左十八爷，左十八爷正在落子馆一间茶室里，倚坐在大躺椅上，听一个姐儿唱十八怨呢。他身后还立着一个小女孩为他轻轻地捶背，落子馆老板鼠儿一般在门外立着，随时听候左十八爷的吩咐。

"小力笨儿。"左十八爷称鬼谷生为小力笨儿，他嫌鬼谷生这名字绕嘴，"你师父不够意思，在聚合成包了房间，偷偷地住下了，也不知会我一声。"

"十八爷说嘛？"鬼谷生听左十八爷的话里有话，便立时急着追问，"师父怎么会去聚合成包房间呢？"

"你呀,傻小子,你还蒙在鼓里呢。"左十八爷挥挥手,示意唱落子的姐儿退去,屋里只剩下左十八爷和鬼谷生。他才又说下去,"天津卫的事,还能瞒过我左十八爷?聚合成、皇宫、渤海、维格多利,全有我的眼,客来客往,凡是有名有姓的,都得往我这儿递个信。明白吗?嘛叫草头王?这就叫草头王。哪路的借路踩道? 谁家的追风访人?我心里这本账明明白白一清二楚,天津卫混事由,免不了有仨香的俩臭的,仇人寻到门来你连个信儿都没有,倒霉去吧,让人销了号,都找不着土地庙。哈哈哈……"说着,左十八爷放声笑了。

"可是,可是,左十八爷,您老只知其一,不知其二,我师父遭人劫了。"说着,鬼谷生扑簌簌地涌出了泪珠儿。

"哎哟,宝贝儿,别着急,有话慢慢讲,我也觉着这事有点邪门儿,好么眼儿的,无非子跑聚合成包房间干嘛?这不是浪风抽的吗?听说一个不知从哪儿来的将军在聚合成包了一层楼,住着卫士马弁师爷秘书,又是电话又是电报的闹得地覆天翻,你师父就住在那层楼里,他像是挺着急,直向着聚合成饭庄的伙计递眼神儿,只是伙计靠不上前儿,屋里有人看着他,莫不是那个将军把你师父劫走要他相面批八字吧?不对劲,这事不对劲。"

鬼谷生一五一十,将无非子早晨的种种奇遇对左十八爷述说了一番，然后向左十八爷央求道："十八爷要救我师父呀，也是我师父今日一时的疏忽，他将吃败仗的袁军长错看作打胜仗的荣军长了，可是谁又想得到袁军长在丢了地盘之后潜入天津城呢？他必是不敢回太原见阎锡山了，他给阎锡山丢了地盘，阎锡山还不得枪毙他？他来天津打什么主意？可他无论打什么算盘也不能跟我师父过不去呀！"鬼谷生急得团团转，止住泪水，他哀求左十八爷道，"十八爷不能不管，在天津卫您老是位跺一脚满城乱颤的人物，凭我师父平日和十八爷的交情，十八爷也得想办法。"

"宝贝孩子，我跟你师父无非子是手足兄弟一般的交情，我怎么能不管呢？"左十八爷也焦急地坐直了身子，"可这军界势力惹不得，这个系那个系，有兵马有地盘有插杆儿靠山有洋爸爸，就算我有青帮洪帮，可这是井水河水两不来往呀。倘是别人劫了你师父，不用我出面，一句话，乖乖地八抬大轿，他得把人给咱送回来，还得敲他个三千五千的。军界的事不好办呀，你别看他们在沙场上交火开战，什么直系奉系皖系晋系打得刀光剑影血流成河，可他们一派一派一系一系全都在天津有窝儿，说不定就你包着二楼我包着三楼，买军火时两个合着跟外国洋行买，从中吃亏空分利，买到手后分到各家再刀对刀枪对枪地比画。他们跟咱江湖上的规矩不一样，凡是我左十八手下的人不许跟袁十三的人来往,两家人见了面就对打对骂,我跟袁十三倘若见了面也对打对骂,咱江湖上的人不干那种明打架暗分钱的没屁眼子勾当。瞎,闲话说了一大车,可无非子的事怎么办呢?"

"反正,我得跟师父见一面。"鬼谷生想出了一个主意,对左十八爷说。

"那好办,你现在就去聚合成,找到聚合成的总领班,你提我,让他给你换上身伙计的衣服,送水送饭的,准能有法儿见着你师父,等你师父划出道道来,咱们大伙儿再想辙。"

6

民国以来，天津卫的市内交通已经日臻发达，比国人荷兰人法国人相继在天津铺设了有轨电车道，致使有白牌电车围城转，蓝牌电车去老龙头火车站，黄牌电车由河北直通劝业场，大体上将市内主要繁华区连通了起来。稍微有些财势的，出门不乘电车，电车要有固定的车站，还得等车，最方便有胶皮车，一个车夫拉一位客人，无论大街小巷都可以直送到门口，方便之极。最最了不起的人物，有小汽车，方头方脑，嘀嘀地响着喇叭，很是威风，在天津卫有私人汽车的不过百多户人家，其中自然有前朝遗老、当今权贵、军阀、洋行董事长、四大须生四大名旦，还有几位前朝的太监。介乎于权贵与平民之间的，有私人包月车，一辆胶皮车一位车夫专侍候一位爷，譬如布翰林、刘洞门、左十八爷。唯有相士无非子没有自己的包月车。为什么？凭无非子的财势，莫说胶皮车，买辆小汽车也不在话下；但他是神仙，神仙不离净界，岂有满街跑神仙的道理？所以他外出要选神不知鬼不觉的时辰,要乘随时雇的胶皮车。

当清晨七时无非子打发走相面的莽汉,走出相室时,心中极是得意洋洋,摸着衣袋里飞来的两千元大洋,盘算着如何讨宋四妹的欢心。但是当他走出天祥商场后门,正要招手招呼胶皮车的时候,冷不防一左一右被两个壮汉夹挤在了当中,他觉察出事情有些蹊跷,才要挣扎,不料那两个壮汉早将他两只胳膊暗中抓住,这时不声不响一辆带篷子胶皮车跑过来,无非子被塞进胶皮车上动弹不得。

无非子知道遭人暗算了,混迹江湖这许多年,难免不觉间伤过什么人,或许同行是冤家,一个更有来历的相士要独霸码头,要暗中将自己除掉,坐在车篷子里,他暗自落下了泪水。但寿数天定,生死有定时,一切听天由命,他心里倒也泰然,一辈子耍把人,自然不会有好下场,他对此也算是早有预料,只是他没想到事情来得这般奇,事情又来得这般快,正在他春风得意时,呼啦啦就一切都结束了,天也,真是太无情。一番伤心感叹,刚刚吞下肚里的那服补药也泄了劲,转瞬之间已是没有了一星儿的药力,无精打采,只等着做无名鬼了。

车子在一处地方停下,走下车来,又是那两名壮汉挟送,抬头望望,他认出是聚合成饭庄。事情大体上有了眉目,和刚刚闯进相室的莽汉有关,看来不像是谋财害命,一切要仔细才是。心中暗自默念着,无非子又端出神仙风度,轻飘飘地由人挟持着走上了三楼。

"神仙委屈了。"一间大客房里,刚才闯进相室的那个莽汉站起身来迎接他,此时他已换上便服,软绸的便裤、对襟的大袄。抬眼望去,室内衣架上却还挂着将军的典礼服,挂着军刀、兵器,屋角里还堆放着未及打开的几十个大皮箱。最最引无非子注意的,是这个莽汉换上便服之后,两只手缩在了衣袖里。

上当了,这莽汉明明是山西人,刚才却装出一口关外的口音;这莽汉明明是个打了败仗逃跑的孬种,刚才却装作趾高气扬的得胜将军,聪明一世糊涂一时,自己将吃败仗的袁军长错当作得胜的荣军长了。

这次无非子看准了,倘若是荣军长,他要挟持自己去春湖饭庄,春湖饭庄是奉系军部在天津的联络处,不光张大帅常年来来去去地下榻在春湖饭庄,而且,一切奉系军人过津,都只能住春湖饭庄。聚合成饭庄历来不投靠一个主子,只能临时包出三月两月,有时是一座楼,譬如袁世凯赫赫来津;有时是一层楼,譬如黎元洪、杜月笙,还有一些非凡的人物。何以从双手缩在袖里就断定他是阎锡山的人呢?山西人善理财,从小时就一面走路一面算账,而且山西人个个会袖里吞金,十个手指就是一把算盘,所以山西人平时总将一双手吞在袖里,怕泄露了他的经济秘密。

"承蒙袁军长一番错爱,无非子实在当之有愧。"无非子转守为攻,双手抱拳先向莽汉作揖施礼,然后大大方方地坐在沙发上。

那莽汉暗自吸了一口凉气, 他为自己被无非子识破身份而大吃一惊。

"俄(我)是没有恶意。"袁军长恢复了一口山西腔调,"俄是想瞅瞅神仙的话到底灵验不灵验?灰驴个屎,那柴猪堡本是俄袁某人一家的天下, 狗日的荣胡子不过是个草莽英雄,咋就让他三枪两刀得了地势,不从他荣胡子手里把柴猪堡拿回来俄誓不为人!"说着,袁军长恶汹汹地用力跺着地板。

"所以,这'进'字没有断错。"无非子说得更加铿锵坚定,"兵书上讲背水而战、破釜沉舟,置于死地而后生。越是败战之时,才越要牢记这个'进'字,以袁军长的命相,纵看印堂山根,横看仙库仓禄,都断在一个'进'字上。"

"这俄就要委屈神仙几日了, 你既断给俄一个进字,俄又只有一条进路,把神仙放在外边万一走露了风声,俄就进不成了。"袁军长客客气气地对无非子说着,"神仙先陪着俄在这搭里住着,有吃有喝,慢待不了你。三月为期,俄招了兵买了马收回柴猪堡,高高地送给神仙一只金板凳。万一俄进不成呢？神仙……"

袁军长还要往下说，无非子一挥手打断他的话音，万般自信地说："进，必成！"

"托神仙的吉言！"袁军长哈哈地笑了。停住笑声，袁军长好奇地向无非子问道："神仙是几时识破我是袁军长的？"

"从闯进相室，我就识破你是袁军长。"

"我让卫士马弁换上奉军的操衣，我讲的一口关东话，摆出一副打胜仗的得意神态。"袁军长更显疑惑。

"相士阅世，一不看衣冠，二不听口音，三不看作派。袁军长赫赫然不可一世，虽是招子(眼睛)闪烁，却明明是故作安详，且你眉间有一股晦态，如瘴气不散，神暗无光……"

无非子一番话语，听得袁军长消除了怀疑，他抬手按着眉头，想驱散凝聚在眉宇间的倒霉字儿，好久他才深深地叹息了一声："唉，想不到我袁某人还得有这一步背时儿。重整旗鼓，我得有钱招兵买马，真想拉上帮弟兄去抢他一家银号。回太原向阎锡山伸手要钱，他正想要我的命呢。神仙快算算我该咋着才能转运，谁肯搬出金山银山助我东山再起？我早琢磨过，奔西北方向吧，马步芳不会收留我；索性投降奉军，那才是白送颗人头让人家祭刀。可这天津卫也没我的活路呀，神仙信口说了一个'进'字，这不明摆着让俺拿鸡蛋往石头上碰吗？是死是活，我也就只剩这最后一步了。"说罢,袁军长冷冷地瞅了无非子一眼,暗示他倘若没有进路,对不起,临死他就要拉上无非子"垫背"了。

无非子什么话也不说,又习惯地闭上眼睛倚在沙发靠背上。这时一个副官走进来,俯身在袁军长耳边悄声说了几句话,袁军长站起身来整理整理衣服说道:"我要去办军务,神仙暂时先住在这儿吧,他们谁个怠慢了神仙,神仙尽管对我讲,我处置他们。"说罢,袁军长随他的副官去了,不多时楼下街道传上来汽车声,凭窗望去,一辆小汽车驶去,袁军长外出活动去了。

北洋军阀一片混战,杀来杀去,天津虽没有摆过几度战场,但幕前活动,幕后交易却全是以天津为中心。军阀打了胜仗,各路诸侯要云集天津来开分赃会议,分赃不均翻了脸,拉出队伍找地方再去比高低决雌雄。打了败仗,还要潜入天津,活动各派势力,寻找靠山,筹措军款,门路跑通了,又有了财势,起死回生,摔倒了跟头爬起来,轰轰烈烈又一条好汉。再一场赌败下阵来,再潜回天津,改换门庭,有奶便是娘,又认下新主子,狗仗人势,依然一条好汉。没混好人缘,又被人玩了,身败名裂再回天津,拜一把弟兄认个老头子,恶吃恶打还是十八个不含糊。又倒了霉,成了臭狗屎,天津还能收着,耍胳膊根儿卖死个子,一个对一个,照样吃份子使白钱。再栽跟斗,下三烂,要了饭,还能留在天津,卖身为奴，在个什么爷门下当差，还是谁也不敢惹。又走倒霉字儿，成了王八蛋，照样在天津混，买空卖空拉皮条，吃的还是老爷们儿的饭。又染上坏嗜好，吸上鸦片烟，扎上吗啡，还泡在天津卫，等混混青皮打群架时，争地盘抽黑签，有人买你，一对一跳油锅，临死也冒一股白烟儿。

袁军长吃败仗丢地盘后潜入天津卫，自然有他的想法，北洋军阀全是小站练兵出身，你牵着我我连着你，何况租界地里还住着许多雄心不死的独夫，只要拉上关系就必能跑通门路，许多人都是借天津宝地的风水从孙子变成祖宗的。天津卫这地方，养人。

无非子拧紧眉毛坐在沙发上一声不吭，外间客房里一个穿便服的卫士守着他，一双脚巴丫子架在桌子上，仰天打盹睡懒觉。

"送饭！"一声禀报，一个饭庄伙计提着紫藤编花大提盒走进了客房。聚合成楼下有饭庄，散住的过客行商自然要到餐室用饭，包楼层的大户则要将饭菜送到房间，出入餐室人杂，不方便。

看守无非子的卫士迎上去，从小伙计手里提过提盒，打开盒盖，四菜一汤。饭菜摆好，无非子缓缓从内室走出来，无心地向送饭的伙计看了一眼，然后指着饭菜说："打窝子的鲤鱼捞偏门，玄机子招街哪有那么肥的猪？不拆哈哈爷的老庙,放不出那么多的油,饭香,吃得要趁热。"

"神仙这是叽咕些啥咒语呀!"看守无非子的卫士笑着对无非子说着,无非子坐下,将桌上一张报纸推了一下,然后便提起筷子先将整条的鱼拣到了碗里。

这时送饭的小伙计转身走了,脚步轻得没有一丝声音。

……

小神仙鬼谷生风风火火跑到庸言报社时,已是凌晨四时,刘洞门桌上铺着等着印的报纸小样,急得手指敲击桌子。

"刘主笔。"鬼谷生的双腿未及迈进屋门,便忙着比比画画地对刘洞门说,"我师父求主笔在报上发条消息,说有人要掘哈哈王爷的祖坟,还有,还有……"鬼谷生说得上气不接下气,听得刘洞门莫名其妙。

"别着急,有话慢慢讲。"刘洞门让鬼谷生坐下,还给他倒了一杯水。

"在聚合成饭庄,我见到师父了,姓袁的军长把他囚在客房里,我扮成饭庄伙计送饭时见到他的。"鬼谷生咽了口水又忙着说。

"他干嘛要我发消息,说有人要掘哈哈王爷的祖坟?"刘洞门着急地问。

"反正师父就是这么说的。他说打窝子的鲤鱼走偏门,是说原来驻守柴猪堡的袁军长让人给挤对出了老窝。玄机子招街，是说袁军长一帮残兵败将下天津卫来寻找靠山，哪有那么肥的猪？谁肯拿出那么多的钱？不拆哈哈爷的老庙，是说不掘哈哈王爷的祖坟，放不出那么多的油，是说他不肯出钱给袁军长筹措军款。饭香，吃得要趁热，是说不能迟疑。最后他一筷子将烧鱼搛到碗里，是说要让得胜的奉军让出地盘。唉，我师父简直就是活神仙，道道儿他是全划出来了，可这天下人怎么会听我们调遣呢？主笔，您可得想办法呀！"

刘洞门用心地听着，不时心领神会地点点头。"对，对，只能这么办！我明白，我明白，真是神机妙算，气死诸葛亮！"

"主笔，您得救我师父呀！"鬼谷生唯恐刘主笔不肯卖力气，便急急地央求。

"你师父相面，我办报，我们两人就是一个人，没有他，我在天津卫就混不下去，我怎么能不救他呢？"

说罢，刘洞门抄起笔来就写了一条消息，早就印好小样的报纸临时换条新闻："柴猪堡战火未平息，德王爷祖茔遭觊觎……如此如此这般这般据消息灵通人士透露云云云云……"

7

哈哈王爷不识地舆图，至今每看见地舆图总要哈哈笑。刘洞门认真地将一张地舆图社印制的大地图铺在案上，可着性地糊弄哈哈王爷，他将大拇指按在一个地方，指着密密麻麻的小字对哈哈王爷说："这儿就是柴猪堡。"

"我不管什么柴猪堡，柴狗堡，我家祖坟在四子王。"

"这儿，就是四子王。"刘洞门按在地舆图上的大拇指未动，随即伸出食指，巴叉开手往远处伸去，食指按的地方，就是哈哈王爷家的老祖坟。

"这么近？"哈哈王爷支棱从太师椅上站起来，双手按在条案上，俯下身去看地舆图。

"所以传言奉军威胁你府上祖坟，不是没有根据。"刘洞门见哈哈王爷吓呆了，这才将手掌抽回来，对哈哈王爷仔细述说，"早以先，阎锡山的一个军长守在柴猪堡，十几年没动你家祖坟……"

"他仁义。"哈哈王爷赞叹着，"我当早送他一份厚礼。"

"如今这军长被奉系军长打跑了……"

"这就是奉系军人的不对，人家的地盘，你平白无故地抢过来，没道理。"哈哈王爷主持公道，自然对世事有个评议。

"为什么要做没道理的事？"刘洞门问着。

"因为他不讲理。"哈哈王爷回答。

"他贪图那地界之内的金银财宝，地上的金银财宝，地下的金银财宝。"

"啊！"哈哈王爷紧张地吸一口长气。

"知道孙大麻子掘老佛爷皇陵的事吗？"刘洞门凌厉的双目直视着哈哈王爷质问。

哈哈王爷打了个寒战，孙殿英掘慈禧墓的事太可怕了，不光盗走了全部下葬的金银财宝，还将老祖宗剥光了衣眼仰面朝天抛在了棺材板上，溥仪和北洋政府打了一场官司，才重新将慈禧的尸体收殓下葬。

"赶紧给我将阎锡山的那个老军长找回来，给他钱让他招兵买马把那个什么堡收回来，就算是我买个洋枪队护卫祖宗坟茔。列祖列宗在上，不是子孙不孝，是这世道太坏了呀，人人都惦着掘人家祖坟，这些断子绝孙的强盗！皇上退位，江山易主，老朽我死皮赖脸还活在世上，为的就是为祖宗看守这一处坟茔，倘我家祖坟有个不测的灾殃，老朽我还活着作嘛呀！"说着,哈哈王爷声泪俱下,他似看到了自家祖坟被掘的惨象,他家祖辈是和摄政王一道进关的,皇上死了下葬时有啥,他德王爷祖上死后下葬时也有啥,他家的祖坟顶得上一个大金矿呀！哈哈王爷再不敢哈哈了。

刘洞门见哈哈王爷已经咬钩,便婉言告辞出来,找小神仙设法往聚合成为无非子送信。

······

无非子在聚合成饭庄被袁军长已经囚了七八天了,这些日子袁军长四处碰壁,筹措军款招兵买马的事连个影儿都没有,这年月英雄豪杰遍地皆是,正在春风得意之时的好汉还愁拜不上门子呢,累累若丧家之犬的袁军长去哪里投靠山？

袁军长白天东奔西跑,晚上垂头丧气地回来,每日后半夜他便来到无非子的客房,和无非子扯闲篇拉闲嗑。

"都怪我这人莽撞。"想起吃败仗的往事,袁军长万般悔恨地说着,"人家都劝我应该在军部养一位术士,不是俺只相信自己火力旺,是俺怕阎锡山疑心我要自立炉灶,阎锡山心胸狭窄,有人说他的肚量如同汾河湾,又细又浅又弯弯绕,倘若我养了术士,他非得除了我不成。早若是有神仙这样的相士在我身边,何至于我落到这步田地？"

"胜败乃兵家常事。"无非子劝解他说。

"可是没有似我败到这等份儿上的,让人家来个扫地出门,事后我才知道是上了当,那姓荣的本来是为张大胡子阅兵去的,是从我境内借路……"

无非子听着不置可否,只自言自语地沉吟道:"兵者,诡道也。《孙子》讲用兵之道,至理名言。兵家借路过境,其用心也恶,未必不怀诡计,何况袁军长久据柴猪堡,自然是刚愎自用,如此荣军长便故意在你眼里揉沙子,激之令怒,袁军长便不顾本谋了。"

"神仙,你是活神仙!"袁军长站起身来,举起右手向无非子敬了一个军礼,"活神仙你跟我走吧,我明里做军长,你暗里做军长,用兵动武我全听你的,你叫我进我就进,你让我守我就守,你让俺打哪一个,俺就打哪一个,神仙给我做诸葛亮吧。"

"无非子不出山、不下海,只坐在相室里不出山门一步。"无非子语音平和地说。

"唉!"袁军长深深地叹息着,"我信了神仙断给我的一个'进'字,这许多日我四处联络,连一点门路都没找到,我不疑惑神仙的话不灵验,必是我的时运还没到时辰。反正这些日子我也没事,神仙细细地给我批一卦吧。我听说神仙批一卦是两千元,如今我是穷光蛋呀,等来日我时来运转,我高高地给神仙送上二十万。"

无非子也是闲得睡不着觉，便在座椅上正襟危坐地端好架势，微微合上眼睛说道："好吧，这一卦我分文不取，只算我交个朋友。"

"也算我识位真人。"袁军长也规规矩矩坐好，等着由无非子批示命相。

"拿纸笔来。"无非子一声吩咐，早有人送上来宣纸笔砚。无非子将宣纸铺好，娴熟地只不多时间便画成了一幅伏羲六十四卦方位图，随之他便将两手在六十四卦图上比来比去，无非子将袁军长的命相断清了。

"神仙有话直说。"袁军长万般虔诚地等着。

"先甲三日，后甲三日。"无非子只顾自己说着，似是对面压根儿没有袁军长一般。"先甲三日，幸也，前事过中而将坏，则可自新以为后事之端。初二二上，九五，兑下坤上，有贵人，三日至。"

"有贵人？"袁军长欠着屁股半站起身来，"是贵人来找我，还是我去找贵人？"袁军长急切地追问。

无非子根本不理睬袁军长的询问，只管自己睡觉去了。

"报告。"无非子刚走，有人就悄声禀报袁军长，"一位老王爷求见。"

"放你妈个屁！"袁军长一口唾沫吐在地上，"天还没亮呢，他见我干嘛？看好了，别是张大胡子派下来的刺客！"

"报告军长，小的盘问过，他说有要事，只能对军长一个人说。"

"我不见！"袁军长狠狠地将房门摔上。

只是那个副官忠于职守，他万般柔顺地推门进来，俯身在袁军长耳边嚓嚓喊喊地不知嘀咕了几句什么，最后只见袁军长腾地迈开大步，随着副官往外走，一面走着还一面唠叨："会有这种事？邪门儿。"

……

"哈哈哈哈……"约莫着到了中午，袁军长兴高采烈地来到了无非子的客房，他将上衣脱下来信手抛在沙发椅上，然后开怀大笑着对无非子说着："神仙真灵，你说三日内不出门户必有贵人，天还没亮，贵人就找上门来了。一位德王爷，拿他的开平煤矿股票作押，给我在大通借了一笔款，百多十万，指名让我招兵买马收复失地。王爷有约法，这笔款只能买军火，只能作军款，不许我吃喝玩乐，收复柴猪堡之后立即还清。你说也怪，这个王爷干嘛非要我去收回那片地盘？他说那地界里有他家祖坟，驻守这许多年，我咋不知道？人说凡是王爷府的祖坟里都有国宝，等收复柴猪堡我还真得找找这块宝地。你瞧瞧，我早认准只要下天津卫必能找到一条活路，这地方藏龙卧虎，谁不想找个好汉为他打天下呀？没说的，柴猪堡也好大一片地势，他王爷不是惦着做皇上吗？等有了地盘，俺给他立个号，照着宫殿的样儿给他盖个宅院，每日也给他演习上朝下朝的典礼。谁爱玩什么就由他玩什么好了，干嘛非得按着一个法儿，弄得人人别别扭扭老大不高兴。段祺瑞愿意做总理，由他设总理衙门；袁大头想做皇帝，随着他自封是洪宪；黎元洪愿意当大总统，孙传芳喜欢做联军司令，谁说自己是啥，谁就是啥，共和嘛，一共二和，不共不和就过不上好日月。神仙，你说说我这些话够不够个胡博士？别以为我是粗人，我敬重念书人，凡是完全两级小学毕业的，在我那儿起码是县长，若是胡博士肯去柴猪堡，俺给他盖圣人府。"说到得意处，袁军长喜笑颜开，如今他筹措到了军款，用不了多久他又能回柴猪堡做他的地头蛇去了。"我已经下了命令，打道回府，这一层楼房我还包着，还得留几位副官和银号打交道，还要和洋行买军火，我得走，我要去带兵打仗。神仙哩，你还得住在这里，几时捷报传来，我又收复下柴猪堡了，这儿的人便几时护送神仙回相室。不是我和神仙为难，谁让你这样灵呢，我怕你再去给别人算命相面，说不定张胡子要找你，给他批批命相，这柴猪堡守得住守不住呀？神仙知道我的底，再去给他批八字，我又让你们玩儿了。万一攻不下柴猪堡咋办哩？那时王爷担保借我的钱也花光了，阎锡山更恨得我咬牙切齿，张胡子的人也不肯放过我。那时我再回来找神仙，我一根绳儿，神仙一根绳儿,咱两个脸冲着脸地就吊在这屋里。我哩,算是个脓包无能,神仙哩,算是说话不灵,咱两个就都别在这世上蒙人了。"

袁军长露出一副流氓相, 直到现在他还觉得这事太蹊跷,他怀疑是无非子耍他,压根儿他就拿自己错当成张作霖的部下荣军长,一个"进"字说错了,才将错就错,顺水推舟,设个陷阱诱他往下跳。等着瞧吧,袁某人也不是好惹的,无非子自作自受,吃不了兜着走吧。

8

扑簌簌,无非子流下了眼泪儿。

袁军长带着左膀右臂几员武夫走了,临走前无非子扎扎实实地给他算了一卦,这一卦算得他必须先奔西北,西北地界有几个师的兵力因找不到有奶的娘几乎已沦为流寇,只要带上钱到那里就能拉出兵马,保证袁军长麾下还能有精兵强将。至于围攻柴猪堡的时辰,无非子算得是在四十天之后,四十天之后的哪一天?批不出个准日子,有几个吉日可以供作选择,但还要根据军情而定,但四十天之内不可用兵,因为袁军长这一步流年运气,印堂若班超,光熙精舍如武王,自印堂至光熙还差四十天的光阴,一切要好自为之。对于无非子的批相,袁军长记在心头,此次出师不成功便成仁,一定要杀出威风。

聚合成饭庄这一层楼客房只留下十几个人,其中大多是文职,每日操办军款、军火,且和各派军阀势力时时调整关系,还为袁军长刺探情报。空荡荡一层楼房只住着十几个男人，来来往往的女宾却多达四五十人。花界女郎最讲义气，投靠到一家门下，不将这门这户吃穷吃败吃垮吃光，决不会三心二意再去寻找新欢。袁军长住在聚合成时，一批随员、卫士，呼啦啦一群汉子，花哨哨一帮女流。如今大多数汉子走了，女流却没有减少，几个女宾包围一个好汉，如此就没有人顾得无非子了。

宋四妹这时才来到聚合成饭庄和无非子相会，一番卿卿我我之后，无非子对自己的相好吐露了真情。

"人生在世，成败本来无足轻重，有盛便有衰，有圆便有缺，有盈便有亏，四大皆空，宇宙本只一个无字。"无非子自我宽慰地感叹着，"只是我不该衰得这样早，也不该败得这样惨，我还没有给你挣下一笔产业，鬼谷生日后还要打着我的幌子混事由，我一败涂地，他如何闯江湖呀！"

无非子虽然一番花言巧语将混星子袁军长说得天昏地转，又一番巧安排将哈哈王爷推进陷阱，终于保全下了自己一条性命；但他深知，袁军长尽管有了一笔巨款，但要想东山再起，也绝非易事。张作霖本来不会久居关外，他好不容易调兵遣将在关内打出天下站稳脚跟，凭袁军长重新集结的一帮乌合之众也决不会再逼得张作霖让出山河。而正在得意之时的荣将军，已是越打越胜，越胜越勇，兵家贵在一个"威"字，四面楚歌，风声鹤唳尚且能击溃千军万马，如今只要凭借荣军长的大旗就足以令人闻风丧胆；袁军长卷土重来不过是鸡蛋碰石头，最后必是粉身碎骨，死无葬身之地。

"现如今是顾不得那许多了，总得想个办法逃出袁军长的监禁呀！"宋四妹对无非子一片真情胜过扎髻夫妻，无非子叹息她陪着抽泣，无非子掉眼泪她陪着哭鼻子。

"袁军长可以大摇大摆地在聚合成饭庄包下房子设兵部，他就能买下黑道上的人置我于死地。不是我不能跑，在天津卫混这么多年，家家饭庄旅舍的后门地道我了如指掌，可是我溜出去容易，保活命难。这许多日子，倘我稍微露出一点跑的意思，这聚合成后门就挨着海河，半夜三更将人装麻袋里沉到河底的事不是比扔根柴火棍还容易吗？"

"咱两人跑，上海有我的姐妹。"

"嘘！"无非子忙抬手捂住宋四妹的嘴巴。"你到了上海可以混，我呢？这江湖上吃子平饭，江南江北两不来往。""子平"者也，就是江湖术士们对自家职业的称谓，如厨师称自己为勤行，胡编瞎掰地称自己为作家，招摇过市之徒称自己是明星一般。

"唉，那就真没活路了？"

宋四妹坐在床上双手托着腮，娇滴滴地歪着脑袋瞅着无非子，无非子看着宋四妹超凡的美貌面容，心中更觉自己的责任重大。

"一定要设法让袁军长收复柴猪堡，否则我休想逃出他的虎口。"无非子心事重重地说。

"逃出虎口之后，你更名改姓，我帮你做个小生意，这码头上不会饿死咱们的。"宋四妹一片真情，准备与无非子同舟共济一起过穷日子，而且还要做他的贤内助。

"不吃子平饭了？"无非子向宋四妹问道。

"谁还信你呀？将一个落魄武夫错看作常胜将军，给一个吃了败仗的丧家犬批了个'进'字，你还怎么好意思再设相室做相士？"宋四妹不无同情地对无非子说着。"那相室咱不要了，找个主儿兑出去，小神仙另起炉灶，换个名儿先去马路边上摆卦摊，求左十八爷成全着他，我再给他找几个'敲托的''贴靴的'。你没听说吗，南市刘半仙卦摊就常有一个披麻戴孝的女人去哭拜，喊着叫着地说：'神仙的卦真灵呀，昨日说孩儿的爹有飞来横祸，当晚就被电车轧死了。神仙再给我们孤儿寡母指条明路吧。'其实，那个哭喊的女人是他儿媳妇。嘻嘻。"宋四妹说到开心时，破涕为笑，笑得软软的身子八道弯儿。

"让我无非子从此销声匿迹，我还有点不甘心。唯能化险为夷者，方为大丈夫；欲扭转乾坤者，必先置于死地而后生。我一定要让袁军长收回柴猪堡！"说话时无非子用力地挥着拳头。

"你坐在这客房里，能有本领让袁军长收复失地？你若是道士行了，会妖术，坐在屋里一发妖术，千里万里呼风唤雨撒豆成兵；你一念咒，如今守柴猪堡的官兵就瘫成一堆烂泥，机关枪也不响了，装甲车也不转了，呆看着袁军长大摇大摆地坐收江山。"

"要想办法，要想办法。"无非子反背着手在客房里转来转去，他一双手用力地搓得咯咯响，两弯眉毛紧紧地锁成一条直线。

"你想办法吧，只要你能想出办法，我就去给你跑腿。"宋四妹一本正经地说着，"我这人也就这么点能耐。交际花嘛，能成全事。"

……

布翰林多日不见无非子，心中郁郁不乐，每日下午他还是准时来无非子相室闲坐，盘问小神仙鬼谷生，问他师父躲到什么地方去了。

布翰林来找无非子，多年来只是研究学问，布翰林精于《易经》，写过一部《易经布注》，自己掏钱在扫叶山房活字版印了五百册，如今还堆在自家下房里没有拆包。无非子研究《易经》自成一家，两个人由史论易，由世论易，彼此谈得极是投机。老实讲，若不是为和无非子共同弘扬国粹，布翰林是不肯屈尊来无非子相室的。布翰林看不起哈哈王爷，正是这些草包王爷，直到自家亡了天下，还没闹明白世界上到底发生了什么事。八国联军打进家门，还不相信世界上居然还有什么意大利、奥地利，布翰林将这等人看得如行尸走肉一般。对于刘洞门，布翰林更视若一介无赖，满嘴没有一句实话。倘若你看见他冲着一个人喊爹，你可千万别相信那个人是他爸爸。一旦他发现被他唤作爹的人原来是个穷光蛋，立即一脚便将他远远踢开。至于那个左十八爷，布翰林从来不正眼看他，渣滓，非同类也。

偏偏无非子不见了踪影，布翰林觉得日月都没了光彩。

"听说你师父有个要好的女子，是不是两个人躲起来过荒唐岁月去了？"布翰林百无聊赖地问鬼谷生，一双眼睛还在相室里察看，看来看去果然不见有无非子的踪迹，这才想起了他素日不屑一提的女子。

"学生放肆。"未回答布翰林的询问，鬼谷生先向翰林施了一个拱手大礼，"子不敢言父，徒不敢言师，我师父此去一月有余，学生也是疑惑他必是故意躲避一桩什么事情。"

"这事倒是有的。"布翰林摇头摆脑地回答，"民国十三年二次直奉战争，吴佩孚自不量力要做中原霸主，其时冯玉祥将军已经率部入京，你师父料定吴佩孚必败。偏偏吴佩孚派下人来接你师父进京批命相面，为他看看武运造化，那一次你师父便躲了起来,对外放风说是老母去世回原籍守孝,其实是悄悄地住进了日租界。 不如此何致于就结识了这位宋四小姐呢?直到吴佩孚大败远去江南,段祺瑞任执政大总统,你师父才又回到了相室。"

"翰林圣明。"鬼谷生诡诈地睨视着布翰林故意询问,"你说这次我师父躲谁呢?"

"躲孙传芳,孙传芳任五省联军司令,正在得意之时呀!"布翰林掐着指头自己磨叨着,"躲张宗昌?张宗昌不到天津来,天津也没他的行馆。躲靳云鹏?靳总理有日本势力做后台,北洋各路好汉无论谁胜谁负都得捧着他当家主事。那,你说他躲谁呢?"

"学生不才,实在看不出什么门道。"鬼谷生耍个滑头回避开布翰林的询问,趁布翰林闭目思忖的当儿,跑走开应酬门面去了。

没有无非子陪翰林说话,布翰林实在觉得无聊。可翰林不似无非子那另外的几个好友,不来无非子相室,还各有各的去处;布翰林除了在无非子相室闲坐之外,其他便再没有一个去处。大街上市声鼎沸,翰林乘包月车穿过街衢,犹如赴汤蹈火一般,坐在车里闭着眼睛,但满耳还是摩登女郎的笑声和商店收音机放出来的丧邦之音;逛商店,布翰林都叫不出那些洋货的名称,看着那些上百元一条的劳什子领带,看着那些伤风败俗的女人衣裙，布翰林只恨自己不该活到如今这一大把年纪，居然还要亲眼看到人变成了禽兽。此外，什么舞厅、真光电影院、弹子房、赛马场、回力球社，罪孽，罪孽，皇帝在位时，何以就没想到早把这类孽障除掉！

所以，尽管无非子相室不见了无非子，空空荡荡，相室里还坐着布翰林，一个人坐在太师椅上，翻阅相书，品味《易经》，喝茶，闻鼻烟，看报。无非子爱看报，相室里有许多报纸，什么《庸言》《申报》《民国》《北洋》，甚至还有《369 画报》，以及许许多多没一篇正经文章的小报。布翰林看报是一目十行的，只有《庸言》报看得仔细，因为这《庸言》报的主笔是老熟人刘洞门，文若其人，报若其人，读《庸言》报就似当面听刘洞门说谎话一般。

不知为什么，这《庸言》报最近忽然对奉阁战局极是关注。头一版几乎全是奉阁战争的消息，什么专电、专稿，还有一幅一幅的大照片。读过这些天的报纸，布翰林得知一位袁大将军集结了数十万精兵，正浩浩荡荡地向奉军驻地调兵遣将。这位袁大将军得民心，所到之处民众列队欢迎慰劳，袁大将军的队伍纪律严明，一兵士因向小贩索要纸烟一支已被军法处判处当众重责四十军棍。而且袁大将军善用兵，是黄埔首届高才生，在德国研究军事多年，其关于战争学的专著已在英国出版，等等等等，看来，这位袁大将军马上就要成事了。

此事非同小可，布翰林放下报纸，悄悄地来到春湖饭店。

春湖饭店是张作霖在天津的行馆，或者可以爱称为奉军的老窝。一个庞大的办事机构，还有一个严密的特务体系，张作霖神不知鬼不觉地常来天津，来天津就住在春湖饭店，而这位布翰林，便是张大帅的一位密友。

张作霖立足东三省，脚踩两只船，一只船是日本的军国主义势力。日本军国主义势力觊觎东三省，对这一片沃土早就垂涎三尺，张作霖占据东三省，允许日本军国主义势力得利益，日本军国主义势力是张作霖的后台老板。张作霖脚下踩的第二只船，是原来旗人势力的上层人物，因为关外毕竟是努尔哈赤的老家，而布翰林又是旗人势力上层知识分子的头面人物，高高地捧着布翰林，张作霖的江山就坐得稳当。对于张作霖的礼贤下士，布翰林是感恩戴德，中国读书人历来遵循士为知己者死的道德准则，所以暗中布翰林总给张作霖看着动静。

"翰林来得正好。"在春湖饭店的密室里，布翰林见到了秘密来天津的张作霖，张大帅拉住布翰林，推心置腹地就要说知心话。

"大帅，我正有要事找你。"布翰林风风火火地坐在大沙发椅上，开门见山地对张作霖说着，"我估摸着大帅在天津。"

"翰林有什么指教？"张作霖谦恭地问着。

中国的军阀，到底也是礼乐之邦的武夫，无论他们多凶，多浑，但他们在读书人面前不敢轻慢，因为他们知道，在中国，不先把读书人买通了，就休想坐收天下。中国的读书人没能耐，但是成事不足，败事有余，读书人一瞎搅和，必把天下搅得一塌糊涂。所以无论哪一派系的军阀，尽管他们一面杀共产党，可同时他们还要做出一副姿态，把几个老学问篓子当圣人一般地供奉着，以此表示王道。

"我想，大帅此番来津，必是为了和阎锡山的战事吧？"布翰林察看着张作霖的面色问着。

"翰林圣明。雁北打起来了。"

"莽撞，莽撞。"布翰林双手拍着沙发椅靠手说着，"智者千虑，必有一失，你看看这篇文章。"说着，布翰林从怀里取出一张《庸言》报，这是他从无非子相室带出来的。

张作霖莫名其妙地接过报纸，布翰林帮他展开报纸，指着一小段文字给他看。张作霖虚合着眼睛看看报纸，那上面的标题是：雨亭遇柴堡，大将军不畏地名乎？

"什么意思？"张作霖抬头问道。

"雨亭是大帅的大号，柴猪堡或可称作柴堡，自古大将忌地名,雨亭,柴堡,你不以为这地名不吉吗？"

"还有一个猪字。"张作霖刚刚拿下柴猪堡,自然不服,他争辩地大声说着。

"就在这一个猪字上呀!"布翰林一挥手,激动地站起身来,"张大帅生于光绪元年, 光绪元年是公历一千八百七十五年,是年的干支是乙亥。大帅你属猪!"

"啊!"张作霖吃惊地吸一口凉气。

布翰林顺势又走上一步, 对着张作霖大声说道:"今年大帅四十八岁,又是本命年。"

"啊!"张作霖又是一声惊叹。

"张雨亭生于乙亥,四十八岁上,又逢亥年,偏偏要去攻打柴猪堡,莫非你忘了要三思而后行的至理名言了吗？"

"翰林赶紧找人给我相面算命吧。"张作霖气馁地说着,"听说天津有个无非子……"

"他躲起来了。"布翰林又坐了下来,万般无奈地说,"我本来还疑惑,他躲的是哪一个？如今明白了,他躲的就是你张大帅呀! 无非子,你真是神仙呀!"

9

住在聚合成饭庄的一套客房里，无非子将一个斗大的"进"字，写在一张一丈二的宣纸上，悬挂在墙壁上，每日坐在这个"进"字的对面，仔细端详。只是要说清楚，尽管习惯上手写体的"进"字已经有了好几种写法，但无非子规规矩矩写的是正体：進。

只有宋四妹能和他说贴心话，她见无非子每日冲着这个"进"字发呆，便好奇地问着："你犯的哪家子神经病？不就是一个字吗，还能看出个大美人来？"

无非子不理睬宋四妹的奚落，仍呆瞧着这个"进"字回答说："这个'进'字将我绊倒了，我还得扶着这个'进'字站起来。"

袁军长离津一个月，消息传来，如今已是威震一方的人物。原来游窜在陕、晋一带地方的几个旅，穷得开不出军饷，靠掏老百姓的鸡窝过日子，袁军长财大气粗，一股脑买过来，收编成什么师什么旅什么团，发新军衣买新枪炮添置军车，没几天工夫便折腾出一派非凡的气势。再加上天津有《庸言》报，北京有《神州报》添枝加叶一阵吹嘘，连正在北伐路上的国民军都估摸着山西、陕西一带的袁将军不是个好对付的人物。恰好这时，说来也怪，张作霖突然由柴猪堡前线调回兵马，未及月余，柴猪堡几乎变成一座空城了。于是袁军长长驱直入，一时间柴猪堡大军压境，荣军长已经向张大帅再三告急了。

无非子给袁军长断的这个"进"字，又成了子平学界的一大佳话，《庸言》报上几篇文章吹捧无非子料事如神，他居然给一个被杀得片甲不留的败将批了一个"进"字，就是由这一个"进"字，这个败将时来运转又成了气候，无非子下一步就要给民国政府卜测吉凶了。

袁军长收复柴猪堡，已成定局，不出十天，捷报就要传来，因为无非子嘱咐过袁军长，四十天之内不可用兵，所以前线上袁军长憋足了一口气，准备一举成功。张作霖这边，终于布翰林费了九牛二虎之力找到了无非子，无非子料定四十天之内柴猪堡尚且天地交泰，不会有突降的灾难。但在七七之后，火王星南移，此时金星暗淡，水星无光，张大帅不宜用兵，倘此时柴猪堡有战事，请张大帅好自为之。百日之后，火王星下沉，金星突亮，水星高升中天，那时日有紫气起东北，亘西南；夜有赤星自西南入，其光烛地，该正是秋风爽战马肥士卒勇,莫说是一个小小的柴猪堡,只怕大半个中国都要非张大帅莫属了。

"袁军长一旦收复柴猪堡,他决不能慢待你,狠狠敲他一竹杠,咱俩远走高飞算了。"宋四妹终归是妇人之见,只盼着无非子能发笔小财,俩人躲到什么地方过小日子享福去。

"早以先我也曾这样想过,那时我性命难保,只盼着能闯过这道'坎儿',再不吃江湖饭了。"无非子燃上一支烟,细细地品着味道说着,"可住在这客房里审时度势,我看出这中国的压轴戏还在后头呢,一个小小的袁军长掀不起三尺的浪头,我只吃他一口饭便洗手不干,岂不是太冤枉了吗?你看当今之势,七十二路诸侯大起大落,鹿死谁手,谁主江山,如今还看不出来眉目。乱世出豪杰,豪杰们都豁出一条性命碰运气,成者王侯败者贼,所以这几年相士们都发了财。我如何能眼巴巴看着这后面的一块一块肥肉让别人叼走呢?我还要干,我还要干大事业,来日说不定哪位帝王之材靠我保佑着收了天下,我,就是刘伯温了。哈哈!"无非子说到得意处,自己放声笑了起来。

……

在袁军长离津后的第四十一天,消息传来,袁军长收复柴猪堡,荣军长望风而逃,张大帅前线收兵,阎锡山犒赏袁军长,奉系军阀吃败仗了。

哈哈哈哈！

无非子相室一片喜气洋洋，无非子大摇大摆地回到了自己的相室，大把钞票拍在桌上，小神仙鬼谷生得赏银二千元，几个看相室的用人每人二百，四间相室扩大到八间，换装上荷兰国的玻璃百穗吊灯，铺上波斯国的男工手绣地毯，宋四妹买了钻石戒指，而且几位老友也各有馈赠，刘洞门一辆新包月，左十八爷一只翡翠板指，哈哈王爷一只纯种法国鬈毛小巴狗，布翰林一部宋版《易传》。至于无非子自己得了多少钱财，外人就不得而知了。

"哈哈哈哈！"哈哈王爷自然又笑了。

无非子相室入夜又铺开麻将桌，无非子、哈哈王爷、左十八爷、刘洞门又摆开了方城之阵，布翰林因奉系军阀失势心中稍有不悦，比平日走得更早，回家品玩那部宋版《易传》去了。麻将桌上四个人喜笑颜开，耍得比两个月之前还要开心。

"这个姓袁的小子够义气。"哈哈王爷搓着麻将牌连连赞叹，"果然是收复了柴猪堡立即清还债务，我的股票都提出来了，他还再三问我老祖坟在什么地方，好派兵为我把守。"

"王爷。"刘洞门向着无非子笑笑，侧目对哈哈王爷说着，"你可千万别告诉他准地方呀，兵家有胜有负，当心他败时顺手牵羊。"

"我比你明白，刘爷。"哈哈王爷万分自信地说，"带兵打仗的发财，一靠抢掠搜刮，二就是靠掘人家祖坟，哪个军人不挖古墓呀，我见过的太多了。哈哈哈哈……"

"这场事可把我吓傻了。"左十八爷将一张东风拍在桌上对无非子说，"干着急，使不上劲呀。按理说聚合成饭庄就和我自己开的买卖一样，寻人救人的事咱不是没经过手。可这次是军界，他妈的兵痞，不讲理的祖宗，咱这百八十个哥们儿递不上手呀！"

"十八爷帮了大忙啦。"无非子仍是万般感激地说着，"当天下午就接上了线儿。"

"没嘛，没嘛。"左十八爷得意洋洋地说，"反正这么说吧，只要在天津卫，无论是丢了东西丢了人，明道上暗道上，都瞒不过我。还记得那年英租界乔总督撞上'高买'的事吗？从汽车走下来，左边一个随从，右边一个秘书，后边是四个保镖，过边道进家门一共不到十步远，领带上的钻石别针没了，偷的不是东西，让你见识见识世面，没两下子别来中国摆大尾巴鹰。乔总督服了，托人求到咱爷们儿名下，我说好办，明天中午十一点，原地方给你挂上。你猜怎么着？到了第二天，乔总督挺胸站在边道上，前后左右站着暗探，他自己死盯着自己的领带。就看见马路当中有个小孩打水枪，乔总督怕溅着水珠,身子一摇晃,你猜怎么着,钻石别针又别在了领带上。打从那以后,乔总督再见到我左十八爷,远远地先抱拳作揖,这事不吹牛吧?"

"亲眼所见,亲耳所闻。"刘洞门连连答应着,说话时还翘起大拇指。

"就是跟挎枪的丘八们没法儿。"左十八爷不无遗憾地摇摇头,"唉,秀才遇见兵,有理说不清呀。"左十八爷一番唱叹,众人都觉合理,一致认为不可与兵家论纲常。

四圈麻将牌依然是打到东方破晓时刻,哈哈王爷依然是输了二百元大洋,左十八爷、刘洞门、无非子依然是各赢五十、六十、七十元不等,四个人在用人侍候下洗过脸,和往日一样,又到了各自找各自去处的时候了。左十八爷这些日子早晨忙,正在码头上成全一笔大交易,货在船上,总找不准上岸的时辰,左十八爷已经在口儿上活动七八天了,说是三五天之内警察署放一个"冷子",那时买卖成交,便是成千上万的好处,所以话没得说几句,左十八爷便匆匆走了。哈哈王爷天亮之前必须赶回府去诵经敬香,坐上包月车也走得没了影。相室里只还有刘洞门和无非子两个人,刘洞门神秘地从上衣口袋掏出一个纸条交到无非子手里。

"什么?"无非子向刘洞门问道。

"电报稿。"刘洞门一本正经地回答。

“什么电报稿？”无非子莫明其妙地又问。

“奉系的荣军长撤出柴猪堡，全军兵马驻扎在古北口一带操练。”

“他当然不会回关外，好不容易给自己打出一片地盘，他还会乖乖回到张作霖眼皮下边去夹尾巴过日月？”无非子看着电报稿回答。

“所以我劝神仙兄长是不是应该躲避几日？”刘洞门一面整理衣饰一面说着。

“为什么？”

“倘若那荣军常住在古北口无聊，一高兴要来天津玩几天，那时倘找到神仙相士，这一阵报上没少张扬神仙给袁军长指点迷津的神通，万一他恼羞成怒……”

“谢谢洞门仁兄提醒，我只是怕这个荣军长不肯到相室来找我呢。哈哈！”

“怎么，你在等他？”刘洞门大吃一惊。

“洞门仁兄且看下回分解吧，我还有好生意做，主笔还有好文章写呢，哈哈哈哈。”

说笑着，无非子送刘洞门走出相室，刘洞门摸不着头脑，糊里糊涂，只得怏怏去了。

说来也怪，今天无非子没有去赴宋四妹公馆的约会，却回身坐到相室里，端端正正地读起了《易经》。

......

"师父，大事不好啦！"

小神仙鬼谷生去万顺成早点铺喝锅巴菜，才咬了一口烧饼，一抬头正看见天祥商场后门黑压压百多十人恶汹汹往里闯。清晨七点，天祥商场还没有开始营业，看夜打更的伙计自然要上来阻拦，没想到这些人蛮不讲理，半句话不说冲上去就动老拳。鬼谷生看了一眼，心中已觉察到凶多吉少，喷香的锅巴菜没喝一口，拔腿就往天祥商场里钻。噔噔噔急急急快如风，一口气跑进相室，才放开嗓音喊叫一声，不料却被四个大汉四双大手一齐抓住，鬼谷生才要挣扎，只觉得硬邦邦的什么家伙顶住了后腰眼儿。我的妈！鬼谷生哼了一声，早瘫成一堆烂泥，再不出声了。

呼啦啦几十个军人拥进了无非子相室，这些人一个个青面獠牙，眼睛里布满了血丝，活像是恶狼才吃了死人，为首的一个身佩武装带，腰挎盒子炮大军刀，亮锃锃马靴地板上狠狠踹着，破口便是大骂。

"妈拉巴之(子)，丫头养的什么无非子，你给我爬出来。"

声音惊天动地，满天祥商场的人都当是晴天打下了霹雳，许多人跑来围在无非子相室门外看热闹，彼此悄声猜测无非子到底惹怒了哪路的英豪？

唯有相室里没有反应，无非子明明就坐在内间相室里，莫说他平日只是装聋，就算他从生下来就是一点声音听不见，这恶汹汹一干人等搅起的恶浪也能把他打个大跟头。偏偏他似是什么也没有听见，什么也没有感觉到，仍坐在案前读《易传》，伸出舌头舔舔手指，他还慢条斯理地翻了一页书。

当地一声，为首的那个少壮军人狠狠地踢开了内室的木门，顶天立地一只黑宝塔，这个活似狗熊挎战刀一般的豪杰站在了无非子面前。

这时，无非子才缓缓撩起眼皮，似是无心地向来人望了一眼，然后双手微微地拱在一起抱拳作了个揖，吸足一口气，方才语调平和地说道："无非子恭候荣军长多时了。"

"你个猴小子就是无非子？"来人一巴掌拍在书案上，凑过身子，鼻子对着鼻子问着。

"不才便是。"无非子回答。

"谁给你报信说你荣爸爸今日要来？"

"出口不逊，恶语伤人，非礼也。"无非子虚合上眼睛自言自语地说着。

"来人哪！"荣军长一声喝叫，早有八个丘八拥上来，从左右两侧抓住了无非子。"把无非子这丫头养的给我押走，天津卫不是咱的地界，弄到古北口军营里我一刀一刀剐了他！"

荣军长话音未落，八个军人早不费吹灰之力便将个瘦骨嶙峋的无非子绑了起来。

"哈哈哈哈。"无非子一没有惊慌，二没有反抗，反而爽朗地放声笑了。

"你笑啥？"荣军长揪住无非子衣领问着。

"我笑荣军长恩将仇报，误伤了暗中助你的真人。"

"你说啥？你还是我的恩人？你暗中还助着我？亏你说得出口，那姓袁的小子让我打垮了，夹着尾巴逃到天津来，你批了他一个'进'字，他才又招兵买马回柴猪堡跟我拼命。"

"这才是我暗中助你。他袁某人身为一介武夫，柴猪堡一箭之仇他必是怀恨在心，你虽然夺得了他的地盘，可此人一日不除，你一日不得安宁。你盘踞柴猪堡追他尚愁鞭长莫及，我让他回去自投罗网，难道不正是暗中助你吗？"

"呸！"荣军长可不是凭他无非子花言巧语能糊弄的人，"你那嘴跟屁股眼子一样，开着花地翻，你批的那'进'字咋个解？"

"我批的这'进'字原是劝他就此罢休，不要再跟荣军长过不去了。"

"瞎扯吧，你当我不识字？'进'就是前进，前进！杀呀！"荣军长向无非子表演了一番冲锋陷阵的功夫，果然，这个

"进"字便是前进。

"差矣,进者非进。"无非子被人绑住了双臂,说话时只能靠摇头摆脑表示得意。

"胡掰吧,进咋成了不进?"

"那里有纸和笔,请荣军长写个进字。"无非子支起下巴,示意给荣军长放笔墨的地方。

"写就写。"回过身来,荣军长抄起笔来,在铺在案上的宣纸上写了一个"进"字,荣军长的墨宝是螃蟹体儿,但字写得横平竖直,且又是正体繁字,没有什么挑剔。

待荣军长放下毛笔,无非子又虚合上眼睛,似平日批命相面时那样操着抑扬顿挫的语调说着:"这'进'字,上面是个佳字,外面是个走字,我明明告诉他三十六计走为上,他偏偏以为我让他进军发兵收复地盘。是我无非子批错了命相,还是他不识我无非子的真言呢?"

"啊?"荣军长呆了,他一双手叉在腰间,冲着自己写的那个"进"字端详了半天,他越看越觉得无非子说得有理,越看越觉得这个"进"字原来就是以走为佳的缩写。"三十六计,走为上?来人哪,给神仙松绑!"

七手八脚一阵黑旋风卷过去,无非子又端起了神仙架势,他整理好长袍马褂,将被绳儿系着皱巴巴的衣袖舒展平整,重新在太师椅上坐好,摇头摆脑地说道:"既然求问神明,就当深思神明的指点,袁军长一介草莽,得了一个'进'字便以为吉星高照,所向披靡了。其实他根本不知道'进'字作何解释。"无非子说着话将一双胳膊举起来,让长袖褪至肘间,露出一双手背上暴着青筋的大手,比比画画地说下去。"君子之'进',君子进德修业,他袁某人刚刚被杀了个落花流水,即使不是天意灭你,你也当暂且偃旗息鼓,进业修德,思想自己何以失德失道失助失时失势,进而悟彻做人的道理,从今后知天命守本分,再不可有分外之念。这个'进'字,不正是劝他不可轻举妄动吗?而且,进者,尽也,《列子·黄帝篇》有言,'竭聪明,进智力',此所谓聪明、智力已经竭尽了,从此不能再成大业。更何况进退维谷也是'进',进寸退尺也是'进',偏偏他袁某人只将个'进'字当作率兵出征,他不明明是自找身败名裂吗?"无非子越说越得意,他已经将一个"进"字解得全无进意了。

"神仙圣明。"荣军长终于心悦诚服了。他立即向着无非子立正站好,一双马靴重重地撞了一下靴子后跟,清脆一声响,荣军长向无非子致了个军礼,"神仙别和我一般见识,只当我是个粗鲁人,刚才犯浑脾气,神仙多包涵。您老若是着不出气呢,就扇我两个大耳光之(子)。"不等无非子动手,荣军长先抢起巴掌抽了自己两记耳光,看看无非子似是消了气,荣军长才又说道:"不管怎么说,我算是让姓袁的撺出来了,我这脸面往哪儿搁呀?"

"如此又是荣军长多虑了。"无非子活动着刚刚被绳勒疼的手腕,慢慢说着,"当初荣军长强攻柴猪堡,杀得袁军长丢盔弃甲,最后他只身逃到天津,八方筹措才借到军款,这才又收买下散兵游勇重回柴猪堡;而荣军长放弃柴猪堡未伤一兵一卒,只是张大帅忌星相,这才调虎离山,以荣军长的兵力……"无非子话到唇边不说了,这时鬼谷生献上茶来,无非子抿一口清茶,算是驱散刚才的一阵晦气。

"有话,神仙只管说,拿回柴猪堡,我给神仙打一百个金嘎(gǎ)子。"

"既然张大帅有令调荣军长出关……"无非子莫测高深地故意挑逗。

"嗐,将在外,君命有所不受呀!我咋不杀回去呢?神仙,你快给我算一卦吧。"

"算完了。"无非子收拾案上的纸笔,看也不看荣军长一眼,只向门外招呼:"送客!"

"啊?!"荣军长呆了,"这就是算完了?好歹神仙也得批我个字呀!"

"你自己刚才不是说出那个字了吗?"无非子向荣军长反问着。

"我说啥了?"荣军长寻思好久,终于他还是想了起来,

"我说了一个'回'字。"

"你把这'回'字写下。"无非子又补充一句。

荣军长立即在纸上写了个"回"字,写好后,他呆望了一会儿,心领神会地说着:"神仙的心意我明白了,这次我杀回柴猪堡,要把柴猪堡里面设一个包围圈,外面再设一个包围圈。上次我吃亏就在只围了三面,给姓袁的留了一条逃路,这才给自己留下了后患。这次我大圈紧,小圈缩,给姓袁的来个全军覆没,活捉住姓袁的,杀头祭刀。"

"送客!"无非子又说了一声,然后便劳累万般地颓然坐下,再不说一个字了。

"谢谢神仙。"荣军长只得告辞了,走到门外他反身对无非子说,"今日先送神仙两千元大洋压惊,来日必有重谢。"

"送客……"

无非子最后无力地呼唤了一声……

锅伙

1

　　举凡对昔日天津卫市井风习不甚了了的人，每每谈及天津旧习，便都要脱口说老天津卫有三种人最惹不起。这三种人一是官吏衙役，二是兵痞军警，第三便是青皮混混，说得真有几分道理。想那等官吏衙役有权有势，想几时查户口便破门而入，说哪阵大扫除便能给你来个翻箱倒柜，再至于今日挂旗，明日悬灯，到了后天该降旗时未降旗，应熄灯时未熄灯，那是立即便要捉至官府要罚便罚，要打便打的，老百姓谁敢违抗？兵痞军警，恭拜民家为衣食父母，无论是劫掠、搜刮，吃的都是父母身上的肉，于是越吃子弟们越肥，越吃，父母们越瘦，相映成趣，倒也绘成了一幅太平盛世图。最后是青皮混混，可恶之极，称霸乡里，横行霸道，浑不讲理，惹是生非，实在是该杀该诛。但老天津的混混不同于新天津城的恶少，老天津卫的混混最讲重规矩礼法，兔子不吃窝边草，家门口子，左邻右舍，从来不敢骚扰。笔者幼时知有南市混混某某人者，在天津卫威震一方，手下有人命官司不计其数,只是他只和那些与他争口儿、闹事儿的冤家对头拼命。你抢了他的女子,劫了他的烟土,占了他的地盘,白刀子进去,红刀子出来,跳油锅,走钢刀,面不更色心不跳。吾家旧居在南开二马路,一套大宅院,离某某人称雄的南市三不管不过五里之遥,我家自祖辈及儿孙攻读诗书,每日里这个刻古书,那个攻新学,虽也时时有些争吵,但那位就住在五里之遥的芳邻某某爷却从来也没有介入。直到革命成功,某某爷入狱,五十多年,某某爷从来也没有给我家下过"会会"檄文,致使我们两家大户一直也没有交手对阵,尽管本人自幼血气方刚,且又生性好斗,早做好了为维护家族尊严而视死如归的精神准备,但直到今天也没有轮上一次走钢刀、跳油锅的非凡壮举,想来也真是遗憾。

那么,如果上面述及的三种人还不足以令天津父老们恨之入骨,那又该是哪三类人最是骚扰乡里、人人喊打喊杀的呢?依笔者对往昔天津社会多年观察推断,老天津卫最令父老乡亲们咬牙切齿的,却是另外的三种人:这三种人,一曰花子,二曰小绺,第三,粪小儿。

这又是无端的编排了。想那乞丐,往高处说本来是佛门弟子将门后,汉将韩信乞食漂母,讨饭一事堂而皇之地写进了千古奇书《史记》;至圣先师孔夫子,受厄陈蔡,累累若丧家之犬,做了乞丐,还颇是洋洋得意,中国读书人以做官为耻,却把做乞丐当成了光荣。再往下说,平民百姓衣不遮体,食不果腹,再加上苛捐杂税,天灾人祸,由此四处流浪,沿街乞食,沦为乞丐,那是令人怜悯的。许多乐善好施的市绅富贾,常常设粥场周济灾民,颇为世人所称道。但这里所说的乞丐,一不是陷于困厄的君子,二不是一贫如洗的草民。这里所说的乞丐是那等以乞讨为业的流民,他等年轻体壮,不伤不残,不仅不愁衣食,有的还有房屋田地,其中最发迹者居然家资万千,花天酒地,养尊处优,妻妾成群地活得好不惬意,你道这等的乞丐,还能不作恶多端吗?

乞丐,俗称"花子",花子头,雅号团头,京剧《红鸾禧》演的就是团头家的千金小姐嫁给一名状元郎的故事。你想这团头一职,岂不快与朝廷的封疆大臣尊荣相当了吗?老天津卫一名总团头,下面掌管着各个地界的小团头,小团头下面还有小小团头,最小的小小团头管辖着一段地界,统领着一百多名锅伙,锅伙中按各人的出身、气质分为文丐、武丐。文丐,一副斯文的神态,穿一件破长衫,面带菜色,深陷的眼窝,隔好长时间喘一口长气,每时每刻都可能一口气跟不上来就翘了辫子。这种文丐立到店家门外,先扶着门槛干咳,店铺伙计闻声急匆匆跑出来送上一枚硬币,大约是一只烧饼的价钱,然后乞丐向主家作揖施礼,他便扬长而去了。也有那等新开张的店铺不知此中规矩,见到门外有文丐乞讨不予理睬，罢了，咳嗽过一阵儿之后，突然间一拍胸膛，噗地一声，一口鲜血喷吐出来，那时店家再出来打发，那是非两只烧饼的洋码不能罢休的。口吐鲜血之后还不理睬，伤了夫子的面子，不容分说他便从怀里掏出七尺白绫，翘脚在你家店铺门楣上系一个扣儿，他是没有脸面活在这世界上了。文丐之外，便是武丐，此中五花八门，有的手握红砖一块，袒胸裸臂，走到店家门前，抡起红砖对准胸膛"叭"的一声便拍了过来，店家伙计闻声迎出来，一大枚硬币送上去，"二爷，喝杯茶。"虚让一句，算是礼法。"不打扰了，下晌还有个应酬。"反正这一条街几百家店铺，他还要赶忙把这几百下拍完，下半晌另有安排。再往下，有打竹板的、耍牛胯骨的、"叫街"的、吹小喇叭的；最是恶毒，一条铁锁链从胳膊上的肌肉间穿过来，稀里哗啦地在身上缠着。当然，胳膊上的那个窟窿是真的，铁链子也真是从窟窿中间穿过来。不信，给你拉动一下看看，当然要另外加钱。

不同风格、不同流派的乞丐每日沿街乞讨，天津卫市面才显得格外热闹，没有叫花子捧着，一方的风水也早该败落了。天津卫也发生过乞丐闹事的事端。不知哪家商号得罪了乞丐，第二天全天街上不见一个乞丐。商会会长慌了，立即拜会团头赔礼，讲好条件，明日登瀛楼饭庄门外敬餐，每位锅伙四个馒头一碗红烧肉，吃过之后继续行乞讨钱，一场风波才算平息。何以对商贾来讲，乞丐就如此重要？因为门外有乞丐你来我去，店铺里即使有家贼也休想往外捣腾东西，而且街面上有乞丐走动，抢劫的、绑票的便没有下手的时机，乞丐维系着一方商贾的平安。有人说，天津卫可以三个月选不出来市长，但天津卫不可一日无丐，此言不谬也！

所以，这天津卫的乞丐才是最惹不起的。惹恼了乞丐，轻的，夜里几个乞丐串通一起，提来一桶大粪汤，将你家店铺门板粉刷一遍，天津人称为是刷门脸儿。第二天一开张，臭气熏天，三天之内休想有人来你店铺买东西；重的，小团头一道命令，一百多名乞丐在同一时间里云集你家店铺门外，这个耍牛胯骨，那个叫街，还有的吐血，再出来个上吊的，除非你买通军界开来铁甲车，否则他等是决不会散开的。谁惹得起？

天津卫最惹不起的第二类人物，小绺，就是小偷儿。这里说的小偷儿可不是单枪匹马掏钱包的那类小坏蛋，这里讲的小偷儿有组织、有纲领、有目的、有统一行动，颇有点当年欧阳修老哥论朋党的味道："君子与君子，以同道为朋；小人与小人，以同利为朋。"这伙哥们儿是既同道又同利，绑在一块儿折腾，虽不至于乱亡其国，却至少能乱亡其市。而且这类偷儿人多，全天津卫有多少小绺？没有过准确的统计，但是有一个绝对权威的估算，比买东西的人少，比卖东西的人多。一家商号，店员十人，开张营业，楼上楼下顾客一百人；那么，混迹在这家商号中的小绺，至少要有二十人。"当心扒手"，有好事者提醒民众注意个人财物，便糊了个大白纸帽子戴在头上，上写"当心扒手"四个大字，不知此中端的人还以为他必是一位圣贤，其实他是贼头。他将那"当心扒手"的帽子戴在头上，于市中招摇而过，被提醒的市民便都要伸手去摸自己的衣兜儿，好了，这叫火力侦察，每一个人都把自己放钱的地方告诉了小绺，立即下手，百发百中。

至于第三类惹不起的人物，粪小儿，的确能耐不大，翻不起三尺浪，也没本事为害一方，不就是淘粪的吗？量你也不敢将大粪泼在街上。但是，他虽然不敢将大粪泼在街上，他却能将臭味儿扬在空中，每日淘粪，他专挑在市面热闹的时刻，一只粪桶背在背上，从后院出来就在你店铺门外走来走去，逛街的太太老爷一位一位穿的绫罗绸缎，谁还会进你家店门？最可恨，饭店中午营业，粪小儿合伙在上风头的公厕里搅动粪坑，冲天的恶臭噎得人连声干呕，谁还有胃口来吃你的红烧鲤鱼？

如此道来，和官吏、军警、青皮混混相比，这乞丐、小绺、粪小儿才是最不好惹。中国人窝囊，处世哲学中有一条，叫作"惹不起躲得起"，只是，这要看是对谁。对官吏军警混混，惹不起，躲得起。你说行人要靠左边走，咱就老老实实地靠左边走，你又说行人要靠右边走，咱再老老实实地靠右边走，行不行？你说见了官吏军警一律不得叫长官老爷，应该叫公仆，好商量，咱就叫你公仆行不行？你说莫论国是，咱就只议论桃色新闻；你说匹夫有责，让咱交多少税咱就交多少税行不行？国泰民安嘛，国要泰，民就得安，这点道理，人人都懂。

只是，那乞丐、小绺、粪小儿，那是你惹不起，也躲不起的。你想躲他，他不想躲你。若是人人都躲着乞丐，乞丐又该向谁乞讨？所以，这世间凡是惹不起又躲不起的，才最最了不起。乞丐伸手向你乞讨，你躲，他步步纠缠你，你跑，他追你，直到缠得你没了办法，只好掏出钱来；才想松一口气，第二个乞丐又向你伸过手来了，谁让你自己不是乞丐呢？你不是乞丐，乞丐就来纠缠你，几时把你掏穷了也变成乞丐，你再和乞丐们一起去纠缠别人。

不能躲、不能惹，唯一的办法就是哄。对于小绺，不能叫小偷儿，也不能叫偷儿，要尊称为是高买。于此，笔者几年前写过一个题为《高买》的中篇，其中已有交代。那么对于乞丐和粪小儿，又该封一个什么雅号呢？不知外地是什么讲究，天津卫，称这两种人叫"锅伙"，颇为文雅，也体面，还带着几分幽默，翻译成口语，便是在一口锅里吃饭的伙计，然哉！

锅伙尽管人多势众，但是不敢兴风作浪。锅伙有领袖，就是俗称的团头。而团头们虽然统率着成千上万的锅伙，表面上是个流民头目，但在暗中他们在官府中都有靠山。而天津"官面儿"，每朝每代都有个与锅伙打交道的人物。到了这个故事开篇的时候，天津卫便出现了一位与锅伙打交道的怪杰——贺明楼。

贺明楼，四十五岁，有点小本事，不大；有个小靠山，不硬；有些小门路，不野，凑凑合合，窝窝囊囊，从二十岁在天津卫混事由，一直也没混出个名分来。从一开始当区公所所长，直到最后洗手不干，也还是个区公所所长，压根儿也没发旺起来。

区公所不是区政府，所以区公所所长也不是区长。区政府派捐派税，区公所负责催捐收税。钱收上来，如数上缴，分文不得私留，也没有任何回扣。区政府负责地方治理，区公所负责检查卫生；区政府负责推行政令，区公所负责督察民家挂旗子、挂大总统玉照；区政府负责地方治理，区公所负责地方风化。当然，区公所又不同于派出所，区公所所长也不是派出所所长。派出所的所长、警士都有黑色警服，穿在身上就能扇老百姓大耳光子；派出所所长有盒子炮，警士有警棍、绳子、哨子；派出所能抓人、扣人，抓住人往警察署送。区公所不行，没有尚方宝剑，但区公所负责调停。派出所、警察署抓了人，区公所从中斡旋，什么价码可以放，什么价码能不上刑,不打不骂,还能喝上二两老白干;再往上什么价码能把谋杀变成误伤,一切都在立案诉讼之前定了底数,再往后请律师、打官司、开庭、辩论、议罪、量刑,大体上万变不离其宗,交易是区政府、派出所和区公所早就谈妥了的。

　　贺明楼在天津八个区的区公所所长任上,算是吃遍了天津城。一区的商号多,贺明楼家穿的用的应有尽有;二区的房子好,贺明楼没花几个钱买了套青砖大瓦房;三区饭馆多,贺明楼一连三年没吃过家里的饭;四区娱乐区,京戏评戏梆子腔,各大戏院全有贺明楼的私人包厢;五区南市,贺明楼和黑道上的各色人等结拜兄弟;六区落马湖、赵家窑、暗门子,贺明楼三年过家门而不入;七区老西开,大大小小几百家赌场,掷骰子、打麻将、推牌九,贺明楼没少赢钱;到了最后第八区,紫竹巷,什么商号、买卖、赌场、旅馆都没有,清一色百姓人家,而且大多是老门老户的书香门第,出来进去的全是老学究,新学子,从早到晚,家家户户读书声不绝于耳,实在是没有半点油水。罢了,贺明楼横下心来,不干了,就此引退洗手罢休。

　　就在这八个区区公所所长的任上,贺明楼结识了天津卫上九流、下九流的各色人等。其中官吏衙役、兵痞警宪、青皮混混称兄道弟;往下的乞丐、团头、小绺、高买、粪小儿,也都是小有交情。无论官家、民家,谁和下九流人物有什么纠葛需要调解,非贺明楼莫属,便都要找到贺明楼名下通融成全。哪位人物的什么爱物丢了,小绺的规矩,三天之内不许出手,找到贺明楼家来,说清什么物件,什么时辰在什么地方丢的,不必寻思,贺明楼当即知道这件东西如今落在谁的手里,酬金收下,三天之后物归原主,东西什么地方丢的,还要在什么地方给你送回来。至于乞丐,哪户人家要办婚丧大事,若请花子们给些安静,好办,花钱从团头那里借来一根花棍,立在门外,保证三天之中平平安安。否则,你这里娶亲,花轿刚刚抬来,新娘子尚未下轿,便有一个胳膊上挂着铁链子的乞丐来到院中耍牛胯骨,你道烦也不烦?至于粪小儿者辈,那是更为调度自如了,让他什么时候清除粪便,他就得乖乖地按时前来,差了一点时辰,能抓住粪小儿让他当众把大粪吞下去,否则,贺明楼何以算得了是一方人物?

……

时至今日,屈尊俯就第八区紫竹巷区公所所长,落魄了。天津卫政界官场每逢说到某公窝囊无能时,便戏称此公为紫竹巷区公所所长。说不是个人物罢,好歹还有个虚名;说是个人物罢,又着实没有一点权势。紫竹巷区公所所长,是一点公务不负,一点油水没有的闲差。

紫竹巷,位于天津旧城区的东北角上,一片青砖大瓦房,一处大宅院毗邻着一处大宅院,家家户户都悄无声息。

紫竹巷一带没有大商号，人们买什么穿的用的要去估衣街，估衣街里有谦祥益、瑞蚨祥；估衣街外有正兴德茶庄、大观楼商场，吃的穿的用的玩的，一应俱全，由是，便使紫竹巷变得格外冷清。没有大商号，小商店也没有吗？早点铺、油盐店、小饭馆、酒家茶舍，总得有一两处吧？没有。活赛是天津城的生意人把紫竹巷一带的区民忘了，无论什么营生也不来紫竹巷做。说来也怪不得天津卫的小商小贩们，因为来紫竹巷卖货，绝对是白跑腿。早晨卖煎饼馃子，总可以到紫竹巷来做生意吧？天津人有不吃盐不喝水的，有不吃煎饼馃子的吗？但是对不起，只要卖煎饼馃子的推车进了紫竹巷，任凭你一声声叫卖喊哑了嗓子，也是休想有一户人家开门出来买你的煎饼馃子。喊着喊着，不知惊动了哪家哪户，吱扭一声黑漆大木门打开，一位老人从门缝探出半个身子来："卖煎饼馃子的，挪个地方喊去吧，主家还睡着呐。"该吃煎饼馃子的时候，紫竹巷各家各户还在睡觉，你说这煎饼馃子可该去卖给谁？

紫竹巷一带的居民全都是老天津卫的老门老户，从紫竹巷卖地皮建民宅以来，至今一百多年，紫竹巷就没有再迁进来新住户。所以时至今天，轮到贺明楼来到紫竹巷区公所任所长的时候，紫竹巷最小的一辈娃娃，也全是世裔的第四代居民了。而且紫竹巷的居民，一没有显赫，二没有暴富，三还没有穷人，不贫不富，家道平平，与政界没有任何纠葛；不生灾不惹事，不闹邻里纠纷，白天不见有人寻衅街头，入夜不闻丝竹管弦，至于赌博贩私，吸毒宿娼，那就更与紫竹巷居民丝毫无干了。所以，这紫竹巷就是天津卫的君子国，"谈笑有鸿儒，往来无白丁"，写的就是紫竹巷的景象。

"唉，真是越混越不济呀！"贺明楼于一年前接到上司调他到紫竹巷区公所所长职上就任的命令之时，便无限凄怆地发过一番感慨。想想同辈的新朋旧友，全都是做几年区公所所长便青云直上了，有的进了警察署，或做署员、或做稽察，不消几日便一个个在租界地买了小洋楼，深屋藏娇，还都明着暗着地立了外室。更有的进了政界，市府阁僚，参议员国民代表，投一张票便是大洋五千元，几次国民议政会下来，一个个便都坐上了自己的小汽车，雪佛莱、福特，听车牌就吓得人出一身冷汗。可是自己呢？一连在区公所所长任上泡了二十多年！有皇帝的年头，这区公所所长就是后补道，史书上常见的于"太常寺观政二年"，就是如今的做二年区公所所长，偏只有自己官运不通，太常寺观政已达二十年之久，还没观出个名分来，最后又被调到这么个三杠子压不出个屁来的死旮旯来再任区公所所长。贺明楼知趣，这是上司挤对自己，给自己下逐客令了。

无可奈何，一张辞呈递上去，"明楼不才，有负厚望"，他要洗手不干了。

可是，话又说回来，天津卫虽大，但这刮地皮的差事也并不多呀，而且这只会刮地皮的萝卜一旦有了个刮地皮的坑儿，再想把他拔出来，也实在不那么容易。尽管确确实实也该轮上你贺明楼刮一次地皮了，可是除非你自己再造出一块地皮来，那片天津卫但凡可刮的地皮，早已被众多刮地皮的人分光了，对不起，你挤不进来了。

当然，若想真的将贺明楼的辞呈批复下来，让他自己去另谋高就，也实在没那么容易。官场的事，盘根错节，其中有许多道不清的关节。天津特别市行辕公署的几位署长，谁也不忍心批贺明楼的辞呈，因为人人心里有数，这些年天津卫三老四少，一个个全没少麻烦贺明楼。小事不提了，什么这位大人丢了个戒指，那位太太丢了个钱包，哪一桩哪一件差事不是贺明楼给办的？往大处说，那一年，一位人物，咱别提是谁，反正提起来，大家全认识；一天夜半一个电话打过来，说是他的姨太太跟人跑了。十万火急，当即，这位大人物找到贺明楼。贺明楼二话没说，立即召来各路英豪，布下天罗地网八方寻找，而且那位大人物有令，今天夜里找回来重奖，明天早晨再找回来重罚！因为心照不宣，凡是水货，过了夜便不鲜灵了。结果呢？结果自然是旗开得胜，马到成功，未到夜半一点，这位姨太太安然无恙地被送回到公馆去了。据贺明楼事后对人说，当他寻访到这位姨太太下落的时候，这位姨太太正与她的意中人一起在旅店里开了房间，而且已然进了浴室正要更衣沐浴呢。

辞呈送上去，久久没有批复下来，贺明楼耍个猪八戒摔耙子，不侍候猴儿了。前不久，传来消息说，紫竹巷区政府的区长史晓园早已对贺明楼的弃职忍无可忍，史区长放言他要亲自到贺明楼家里去向他宣读免职的命令。有本事，你尽管去活动，上面有的是空缺，实在没有空缺，还可以为你立个衙门呢。前不久刚成立的稽察公署，不就是个没有一点公差的衙门吗？有个衙门，就有你的经费，你就能每日到大饭店摆宴席和各界人士联络感情。上面找不着靠山，光在区里边耍光棍儿，别人怕你，区长史晓园不怕你。

2

一张片子，三寸长，一寸宽，活赛是一个大信封，白色的硬纸片作底衬，上面覆着一层印有素色竹叶的宣纸，手写木刻，三个大字：徐菊人。

腾地一下子，贺明楼几乎从座椅上跳了起来。他双手托着刚刚由家里用人呈送来的这张大名片，先是疑惑地揉揉眼睛，后是惊恐地出了满头冷汗，最后终于判定这一不是做梦，二不是发烧，三不是自己的幻觉，千真万确，就是一张印有徐菊人三个大字的名片。贺明楼诚惶诚恐，手忙脚乱地披上衣服就往外跑。

徐菊人者，乃中华民国前任大总统徐世昌的大号是也。徐世昌，前朝光绪年间的进士，曾协理袁世凯于小站设兵营操练新军，袁世凯任大总统时，徐世昌是军师幕僚，为袁世凯出了不少袁世凯爱听的主意。袁世凯称帝失败，北洋各派势力称雄。公元 1918 年，民国七年，徐世昌由段祺瑞的安福系国会选为大总统，一任四载。1922 年直奉战争爆发，天下大乱,徐世昌被军阀们赶下台来,从此回到天津做寓公,以赋诗刻书、赋文著书为乐事。

做大总统的时候,徐世昌的官帖上写的是"中华民国大总统徐世昌",名下没有通信处和家庭住址,有什么事给他写信,只要写上"徐世昌"三个字,不必写什么收信人地址,保准能寄到徐世昌的手里,因为中国就是他的家。乃至徐世昌下台,不再当大总统了,再有事找他,光找到中国,不行了,得找到什么省什么市什么街什么里多少号,因为原来的中国不再是他的家了。徐世昌不贪恋皇位,去官为民之后,连以前的名字都不常用;无论是赋诗作画,刻稿著书,一律改用大号"徐菊人",再雅一些,还有一个"水竹村人"的别名,那已经是寄情于山林之间,与世无争的文人墨客了。

下了台的前大总统,有什么事要来造访贺明楼呢?结算前政的旧账,他两家历来没有交易呀。跑出正房,来到院里,贺明楼停住了脚步,"来人多大年纪?"贺明楼向家里的老用人询问。老用人不识字,不知道帖子上的那三个字念嘛,只估摸是位有头有脸的大人物,否则名片不会那么大,便只回答说:

"四十岁年纪吧。"

不对了,徐世昌今年将近八十,这个来人才四十岁,肯定不是徐世昌本人,顶多也就是徐世昌府邸里的一个管事。

果然不出所料,来人杨敬轩只是徐公馆里的一员管事。但是中国传统的规矩,一切私人全权代表皆享受其所代表人物的一切礼遇。一只蚂蚁,只要它代表大象,你接待它时也要时时提醒它别碰伤了长鼻子。"拿我的片子去办事",见到了片子就等于见到了本主,接待礼仪不得有半点含糊。打个譬喻说吧,原说是大老爷驾到之后吃红烧肉,如今大老爷太忙得分身,派个二眼子代表自己来了,接驾如仪,摆宴时仍要吃红烧肉,白菜豆腐那是万万不可的。

　　"大总统玉体康健?"贺明楼将杨敬轩请到正厅,二人分主宾入座,施礼敬茶,贺明楼这才向杨敬轩恭问大总统安好。

　　"托四万万黎民的厚福,大总统心宽体健,每日高高兴兴、乐乐呵呵地过得舒畅着呢。"杨敬轩绘声绘色地描述徐世昌的种种近况,活赛是说他自己的事一样。

　　"百姓有福,是黎民百姓的福分呀!"贺明楼一面暗中琢磨这个杨敬轩代表徐世昌来找自己到底有什么公干,一面还支支吾吾地应酬,"大总统虽说是隐退山林了,可是四万万同胞的福祸苦乐,那是还要放在心间的。"

　　"不管了,不管了。"杨敬轩摇摇手,拉着长声回答,"一片好心救国救民,结果呢,国还是乱,民还是苦。凭大总统的学识、才干、谋略、品德,莫说是一个中国四万万同胞,就是十个中国四十万万同胞,那也是能治理得国泰民安、强盛幸福的呀!"

"那是,那是。"贺明楼连声地答着腔。停了会儿,贺明楼又接着说:"不过哩,管着这么大一个中国,也实在太累。大总统急流勇退,解甲归田,自己反能过几天安稳日月。累累巴巴的,操那么大心干嘛?"

"说的就是呀!"杨敬轩唰地一下摇开扇子,扇面上画着几枝新竹,落款处题着水竹村人,看得出来是大总统的真迹,果然素雅非凡,"如今大总统每日吟诗作画,刻稿著书,门下的几员弟子随时侍奉在身旁。清晨早起在后花园里还要荷锄亲耕,每日睡前必到佛堂磕一百个头,你想想,这不明明就是活神仙了吗?"

"造化,造化,这真是人家大总统天生的福分呀!"贺明楼一面不停地赞叹着,一面暗中还在琢磨大总统派他的管事来找自己究竟是要办哪桩子事?在家待得腻烦了,还想出山重掌帅印?这找贺明楼无济于事呀。贺明楼若是能保荐什么人当大总统,他干嘛不保荐自己当两天大总统?莫非大总统府上什么人丢了什么东西,要向下三路各路英豪询问?有门儿,只有办这种事,才用得着贺明楼。

寒暄几句之后,杨敬轩说到了正题。他先是向贺明楼拱手作了个揖,然后满面春风地向贺明楼说道:"我是无事不登三宝殿呀。贺先生知道,再过一个月,九月十三日,便是大总统的八十大寿,举国上下,自然是普天同庆。"

"明楼略有所知。"贺明楼点头答应着,心中暗自为杨敬轩的找上门来感到得意。关于徐世昌八十大寿的事,大报小报早有了不少的消息,而且连天津市政府还专门成立了贺寿督理事务处,专职操办为前大总统做寿的事。及至近一个月以来,又各方不时传来什么军政要人富绅巨贾筹办寿礼的消息,贺明楼沾不上边,不想那段心思,到时候顶多也就是随区公所官员一起到总统府去,众人齐刷刷站成一排,在二门以外的寿堂上给那个斗大的寿字行三鞠躬礼,鞠躬之后,作鸟兽散,那是连一碗寿面都吃不上的。

"为筹办大总统八十大寿,总统府,也就是如今的徐公馆,徐大人的府邸里成立了一个办事处,由大总统的私淑弟子肖竹村先生出任主任委员,不才杨敬轩陪末座,跟着操办一些杂事。"

"有什么用得着明楼的地方,杨先生尽管吩咐,为大总统效犬马之劳,赴汤蹈火,明楼在所不辞。"贺明楼说着,眉宇间凝聚着大总统昔日麾下旧臣的一番忠心。只是遗憾,大总统在任时并没有支使过这位旧臣办什么公差,这位旧臣也因为没巴结上大总统而一直怀才不遇。如今虽说大总统退位了,但是虎威犹在,能为下了台的大总统办点小事,也还是一种身价,不三不四的,凑得上前吗?

"仅只初始估料,大总统做寿之日,天南地北将有各方名流云集天津,其中有大总统旧日的老部下、旧阁僚、亲兵家将、学生弟子、同乡同窗,而且各国还要派贺寿的使节,京城里的王爷、皇亲国戚也要亲自来津述礼。时至今日,天津卫各个大饭庄、大旅店的房间都已经预订一空了。有的爷为来天津给大总统贺寿,愣是在租界地买了一幢小洋楼,里面粉刷布置一新,待到贺寿之后,立即折价售出,你道这是多大的气派!"杨敬轩说着,将扇子合拢起来,不时地拍着桌子。

"杨先生放心,该贺明楼效忠尽力的事,贺明楼一定办得万无一失。请杨先生禀告大总统,于大总统做寿期间,无论是哪位亲朋旧友,也无论是哪位中外人士,倘有人丢了一根毫毛,便拿我贺明楼是问。而且,大总统做寿期间,天津卫新城旧城,华界租界,叫花子锅伙一律不许上街,至于粪小儿,只许夜间清扫。"贺明楼是个何等精明的人儿,不等杨敬轩说明来意,他便猜中大总统做寿,非他莫属的差事了。

"拜托,拜托!"杨敬轩闻声立即起身,向着贺明楼又是一拜。"贺所长痛快、痛快,真是人中豪杰呀!"说罢,杨敬轩冲着贺明楼翘了翘大拇指。

"寒碜,办不成大事。"贺明楼难为情地挥了一下手,叹息了一声，"全是些好汉子不肯干，孬汉子干不了的小事。再妨有点本事，给大总统筹办一份官礼，替大总统接待一方人士，写段贺文，主办寿典，像杨先生这样，不也体面吗？"

"能办了这几桩事，贺所长已经是有功之臣了。肖竹村大人说了，到了大总统做寿之时，要请贺所长进内堂行礼呢。"

"哎哟，这可是太抬举我了，太抬举我了。"诚惶诚恐，贺明楼已经是感激得热泪盈眶了。内堂行礼，那是何等的威风呀。一般商界学界政界人士，二门之外大堂行礼；有身份的，才能进二门，几十个人为一班，到二进院的寿堂之内，齐刷刷站成一排，冲着用鲜花堆成的一个寿字鞠躬敬礼，鞠躬敬礼之后依然作鸟兽散，仍然吃不上寿面，自然也见不到老寿星的面。但是尽管如此，内堂敬礼的人也比堂外敬礼的人身份高。贺明楼想象自己贺礼之后从内堂走出门来的时候，区公所的同僚该是用一种何等钦敬的目光仰视自己。而且说不定连那个史晓园区长大人也轮不上到内堂敬礼的份儿呢。走着瞧吧，别总从门缝儿里瞧人，谁知道谁哪天就混出人样儿来了？

"大总统吩咐，祝寿不可扰民。"说着话，杨敬轩从腰兜里取出两张银票，一一放在了桌上，"肖竹村大人的心意，一份是感激贺所长操办诸事的辛苦，另一份安抚三界锅伙的贫民，一连几天不得'上路'，吃穿无着；太多了，大总统在任时为官清廉，也拿不出来，这就是一点小意思吧。"

"这如何可以，这如何可以？"贺明楼似是万分为难地连连推让，顺便他斜着目光睨视桌上的两张银票，全是开的大洋一千元。早听说徐世昌抠门儿，他做大总统时住在北京中南海里，处处精打细算，连中南海里水池中养的鱼，他都卖给了鱼贩子，所得收入下了自己的腰包。一共两千元，一半是酬谢自己，另一半分给三界的头目，太小气了。上次袁世凯过生日，大太子袁克定开的银票，一张就是一万元，多大方。

"贺所长不必推让了，杯水车薪，实在是微不足道了。"

贺明楼本来也没推让，他是在猜测这个杨敬轩从中吃了多少折扣。甭问，这笔账太清楚不过，总管肖竹村从账房支出来了一万，交到杨敬轩手里是五千，杨敬轩没好意思全吞下去，给贺明楼留了二千，此中不过才扒了两层皮，那一万元就剩下二千元了。

"为大总统效劳，那是贺明楼的本分。这一份酬金，明楼是万万不敢收受的，如此只好将这两张银票一并拿去安抚三界的锅伙弟兄，免得他们吃亏抱怨。"说着，贺明楼将两张银票一起收了下来。当然他心中有数，这二千元钱就归他一个人独吞了，至于那三界弟兄吗，给个话就是了，谁还敢向他要什么安抚？

"贺所长清廉，贺所长真是清廉呀！"杨敬轩赞叹着，又是向着贺明楼作了一个揖。

……

"史区长驾到！"

贺明楼刚刚将两张银票揣在怀里，用人一声通报，噔噔噔，不容贺明楼道一个"请"字，史区长早已经兴冲冲地迈步走进房里来了。

史晓园，在天津卫的几位区长之中，算得上是个少壮派，据推测背后有个不大不小的靠山。去年竞选参议员，史晓园最受民众拥戴，只差着几票便当上了副议长，于是便只能先委屈地留在区长的任上。在紫竹巷任区长，是史晓园自己的选择。紫竹巷住着名士宿儒，几任区长没有捞到油水，那要怪他们自己"不识庐山真面目"却"只缘身在此山中"，紫竹巷藏龙卧虎，谁能料定哪条道儿通天？

史晓园少年得意，且又气壮如牛，所以在政界历来是以敢作敢为闻名的，否则他也不敢真就批准了贺明楼的辞呈。官场上的辞职，大多只是一种交易，谁好意思真的就掰了交情？如今遇到史晓园手里，你不是说不干吗？好极了，成全了你，一旁待着去吧。

"哈哈，晓园，说来，你就真来了。"贺明楼并没有摆出一副恭迎上司的媚态,而且不称官职,不称区长,连史字都省略掉,直呼其名,也是有点太妄自尊大了。史晓园打了个冷战,心想这贺明楼果然破罐破摔,他是豁出去洗手不干了,索性装个英雄好汉。

"原打算上午来的,前总统徐世昌大人的私淑大弟子肖竹村请客,市长大人作陪,几个区长都在座,我也实在不好意思请假。"说着,史晓园大摇大摆地在贺明楼对面的太师椅上坐了下来。这一落座,他才看清原来贺明楼正在和一位客人说话,而且这位客人……

"哟哟哟,这不是杨先生吗?"史晓园忙抱拳施礼,熟人,中午饭局上两人刚碰过杯。饭后史晓园和另一位区长上玉清池洗澡午睡去了,谁想到杨敬轩竟跑到这儿来了。

"唉呀,区长大人,才说是后会有期,谁想到才两个钟头时间便又见面了,刚才的三大杯,到现在我还天晕地转呢。史区长好酒量,好酒量。"说着,杨敬轩向着史晓园连连地作揖施礼,随之又寒暄了几句,杨敬轩托词说还要去办点闲事,便起身告辞了。

送走杨敬轩,史晓园坐在花梨木太师椅上,冲着贺明楼犯了寻思。本来,他今天来找贺明楼,目的十分明了,就是批准贺明楼的辞呈,从此断了贺明楼与官场的一切来往,你不是总嫌官小吗?索性放你在家中做无事大闲人去吧。不是没有空缺，是你贺明楼没那份造化，是人不是人的也想往三品、四品上奔，你命中有这步官运吗？可是，万万没有想到，在贺明楼家中居然遇见了杨敬轩。而天津的官宦军警皆知，自从徐世昌大人从大总统的宝座上退下来之后，他的手下人是绝不肯与当今的官场人物往来的。没有前大总统徐世昌的吩咐，杨敬轩绝不会来贺明楼家闲坐。既然，杨敬轩今日登门求见贺明楼，那就是证明徐世昌大人知道天津卫有这么一号叫贺明楼的人物。了不得，了不得，难怪贺明楼动不动就往上边交什么辞呈，原来人家有"后戳儿"，真冒冒失失去批了他的辞呈，说不定还真就会惹出点什么事端来呢。

"听说，徐大总统正在筹办八十大寿。"琢磨了片刻，史晓园试探地对贺明楼说着。

"嘻！"贺明楼随随便便地一挥手，似是他于此还有点什么难言之隐，"我说过，这事我不好出头。上有市长、同职的还有各位区长，我一个官不官、民不民的人物，说重了得罪人，说轻了没人听，这不是给我出难题吗？反正，贺寿的那天，我到场就是了。"

"贺老年兄与徐大总统……"史晓园想问明白徐世昌何以会知道天津卫有这么一位贺明楼老哥。

"同乡。"贺明楼信口答着。

徐世昌，天津人，贺明楼，也是天津人，引为同乡，当之无愧。但是,天津人有上百万,只是同乡关系,实在算不得什么交情。

"晓园也是天津人。"史晓园忙着交代自己与徐世昌大人也是喝一条大河里的水长大的。

"徐世昌大人是光绪进士。"当然,贺明楼知道只论同乡,其实是一文不值。忙着,就他所能想起来的有关徐世昌的身世,匆匆忙忙地往上攀。攀着攀着,突然眼睛一亮,有词了,当即,贺明楼便脱口说了起来,"先父大人也是光绪进士,同科,同榜。"

"啊呀,原来令尊大人在世时也是进士出身。"史晓园故意做出一副惊讶的样子,但在心里却在努力回忆贺明楼平日关于他的生父曾经说过什么?没有说过,什么也没说过。只是,倘若贺明楼的老爹生前是前清进士,何以他老人家的儿子就如此没有长进呢?

"先父大人及第后,才做了后补道,朝廷才要放差,便去世了。"贺明楼猜测史晓园绝对不肯相信自己编造的故事,便又把情节修饰得更合理一些。

"不幸不幸,既是府上的不幸,也是前清朝廷的不幸。"史晓园立即顺水推舟地说。不过,他说的也许有几分道理,倘若前清朝廷能早日委任贺明楼的老爹做了军机大臣,八国联军不仅攻不进北京城,反而说不准还能把他们打得落花流水,倘那样,也不至于有后来的宣统退位。

　　说话间,用人献过了茶,两个人又说了一阵闲话,贺明楼自然就要询问史区长光临寒舍到底有什么贵干。这时,史晓园向着贺明楼双手抱拳地作了一个大揖,然后才满面赔笑地说起话来:"自然是有要事相求了。"

　　"史区长还有什么求我的地方吗?"贺明楼佯装着惊奇的样子,其实他早知道史晓园今天找他,就是宣布批准辞呈的事。谁料遇见了徐世昌手下的大管家杨敬轩,他半路上改了主意,也算得是见风使舵的老手了。

　　"徐大总统八十寿诞,本来是普天同庆,我等后辈臣子,也当亲往贺拜才是。"史晓园说着,一双贼眼滴溜溜地瞪着贺明楼。

　　"凭史区长这样的重要官员,到时候还愁接不到帖子?"贺明楼酸溜溜地说着,一双眼睛也盯着史晓园。

　　"高攀不上,高攀不上。"史晓园忙摇着双手回答,"早托人去筹办处问过了,说是官场上只宴请市长和政界的几名要人,其余的便全是些宿儒名士了。军界的,无论军级多高,一个不请;贺寿之日,穿老虎皮的一个不许放入二门,即使是旧日部属,也只能在二门以外行礼退去,我一个小小的区长,压根儿就挂不上号。"说罢,史晓园还叹息了一声。

　　确确实实,早从一年之前,在徐世昌刚刚操办过"庆九"

大寿之后，各方人士便纷纷开始为能参与来年徐大总统的八十大寿庆典而奔波劳碌。按照寻常百姓人家的习惯，给老人做寿，讲的是庆九不庆十，九为大吉，十则满，况且十中还要赶上一个六十甲子本命年，所以逢十的大寿远不如逢九的大寿排场。但是徐世昌身为前民国大总统，他要身先国人破除社会弊习，而且为邀请洋人前来贺拜，说"九"，人家是不来的。由是，徐世昌的七十九岁华诞只是一次预演，真正的大事操办，要赶在八十岁的生日庆典，而国内外各方各界也都早摩拳擦掌地做下了充足准备，一定要在徐世昌的八十大寿的庆典中给自己捞得一个名分。

按照以肖竹村先生为首的筹办处的安排，徐世昌的八十大寿，要从三天之前开始贺拜。一般的民众代表、地方官员、社会贤达、富绅巨贾，一律于三天之前在二门之外的大花厅里贺拜，徐大总统不接见，由门人、私淑弟子肖竹村先生代为致意。至于礼品，当然照收不误。不过受礼有一个专门的贺仪处，无论什么人送来的礼品都要交到贺仪处下账收讫，事过之后造一个清单，估摸过最少要有几大厚册，由徐世昌大人过目。大寿的前两天，二门之内的大花厅内举行寿宴，参加这次寿宴的全是徐世昌家族的成员，只要沾上点边儿就算数，据估计，不下四五百人。天津某大报馆的一位主笔，查了一下自家的家谱，终于找出自己姓的这个徐与徐世昌姓的徐原来是一个徐，同宗，经肖竹村大人认可，也早早地获准了参加家宴的资格。就为了这么点同姓同宗的关系，日租界当局宣布凡日租界内一切商号，只许在这家报纸上登广告，一家伙，这家报馆发了笔小财。

大寿的前一日，不举行贺拜，各方人士在这一天云集津门，互相会面。其中，中华民国大总统私人代表要会见德意志帝国皇帝陛下的使臣，英国王室代表要会见前清遗族的代表，全都是些平日见不到，见到了又不好说话的种种交易。当然，毋庸讳言，这一些会见之中必然要讨价还价地谈成几笔买卖，天下天势说不准会由此发生什么变化。

大寿之日，上午九点，徐世昌大人在大厅落座，第一批外戚贺拜，姻兄姻弟以及他们的儿孙，给老寿星磕头；第二批女儿、女婿率各家子女行礼贺寿；第三批直系儿孙磕头、贺拜，然后老寿星还要有所训导。训导词是肖竹村先生代为拟就的，不外是训导儿孙们继承儒训修身齐家治国平天下之类的大道理。本家本宗贺拜之后，徐世昌大人要一一会见各国贺拜使臣，要会见民国大总统的私人代表，此间几位王爷据说要亲自来府贺拜，据说刚刚逃到奉天的满洲国皇帝也要派员求见。如此一番贺拜之后，到中午十一点，徐世昌要单独接受自己门下弟子的贺拜，以肖竹村先生为首，人人有来历，共计七十二人，以取孔夫子门人三千贤人七十二之意。最后，关上大厅正门，徐世昌要对自己最亲近的学生们掏一掏心窝子里的话。说什么？那就是徐世昌个人临场发挥了。反正根据以往的记载，六十大寿的时候，他关上门把七十二位贤人一个个骂了个狗血喷头，"一个成气候的也没有"，全都被归入了草包之流。六十五岁大寿，正赶上徐世昌得意，关上门又把七十二贤人一个个夸成了一朵花，而且还把自己平日写的许许多多条幅，每人送了一条。那么今年是挨骂还是夸奖呢？谁也说不清，反正是人人捏了一把汗。

如此一番周密的安排，他史晓园居然也想挤进徐家府邸，给老寿星磕头贺寿，那岂不是也太不知天高地厚了吗？只是，列位看官须知，于徐大总统的八十大寿之日，莫说是进不到宅院里去贺拜祝寿，就是到日子在门口站上那么一会儿，趁机和中华民国大总统的私人代表，和英国王室的贺寿使臣们打个招呼，那也就算是没白活一世呀！说不定上峰见你居然有资格给前总统徐世昌磕头祝寿，到时候会给你来个连升三级。你想想，不三不四的人，能有资格给前大总统磕头贺寿吗？你有心巴结权贵，人家眼里还没有你呢。那么高的门楼子，能进进出出，就是前世的造化。

"难呐，难呐。"看着史晓园一番感慨的样子，贺明楼故作姿态地也叹息着说，"虽说先父大人与徐大总统是同科进士，可是平日我也不大去徐家府邸走动，贺家不行了，咱不能惹人讨厌。"

"可是到底明楼兄和徐府里的人还有些私交的呀。"史晓园指的是刚才遇见杨敬轩的事。

"你说杨敬轩呀？"贺明楼轻蔑地挥了一下手，不屑一顾说道，"他不过是个管事、跑腿的，说不上话。这件事，还得找竹村。"

"肖竹村大人？"史晓园的眼睛亮了一下。

"我试试看吧。"贺明楼似是勉为其难地应允着说，"只是竹村这个人'拿大'，他总以为自己是徐大总统的关门大弟子，谁也瞧不起，你说捅他个千儿八百的吧，他还看不上眼。"

"明白，明白，晓园明白，无论多大的花销，明楼兄只管先替我垫用，事后，我是加倍的酬谢。"说着，史晓园向着贺明楼作了一个大揖，随后话锋一转，史晓园说到了今日找贺明楼要办的正题："明楼兄的辞呈，我已经替你烧了，不就是要个实缺吗？市府当局的命令明日必定下达，还是咱们紫竹区区公所所长，只是哩，我把锄奸署给你划过来了。怎么样？这叫武戏文唱，明着区公所，好好先生，腰里暗中别着家伙，好歹活动活动，不是也方便方便吗？是不是？哈哈，哈哈，哈哈哈哈……"

说着，他两个人一起笑得出了声音。

3

"哈哈哈哈,真是天下奇谈,中华民国退位的总统过八十大寿,居然先要走动关节买通锅伙,大总统怕叫花子,有趣有趣,哏儿!"

贺明楼从杨敬轩手里领下了官差,又云山雾罩三言两语玩了一把史晓园,怀里揣着两千元大洋的银票,得意洋洋地来到南开五马路的一处深宅大院里,私会他的小相好——王露。

绝色女子王露,芳龄二十岁,一座名牌大学的在校学生。当然,只在学校挂个名,从来不去上课,连她自己都说不上自己是哪个系的,更不知道授课老师姓甚名谁。自从三年前王露进了这所大学的门,至今也只到学校去过三次。头一次是领洗,正儿八经地站在大教堂里,由一位穿长袍的洋老头摇着铃铛围着她转了三圈,然后又往她头上淋了几滴水,这样就算是入了教。什么教?反正不是基督教,便是天主教,听过一次布道,说人若是活着的时候不做好事,死了便下地狱,当锅伙。第二次去学校,是照相,只花枝招展地打扮好,依在大学门口,借那块幌子照了张大相片,没往门里去,就回来了。第三次去学校,是去给一位外国圣人献花。这位外国圣人被一位中国圣人请到中国来,一家大学一家大学地去讲演,讲演的题目是《中国锅伙情结之检讨》。王露去大学不是为听讲演,因为这位洋圣人最爱和给他献花的女子一起照相,照那种行外国礼嘴对嘴的摩登照片,许许多多献花的女子都和洋圣人照了相,其中唯有王露照得好,照片登在《369画报》上,很让王露出了阵子风头。

　　贺明楼正人君子,金屋藏娇,何以他暗中也贪恋女色?非也。这怪不得贺明楼,这原是天津卫的锅伙首领,团头梁九成孝敬到贺明楼名下的一份薄礼。那是十年以前,贺明楼正在得意,天津卫河东、河西、城里、南市各方各界的黑钱白钱锅伙花界都正赖贺明楼大人的护佑,逢年过节,各门各路的老头子小老大们都要向贺明楼奉献一点孝心,烟酒糖果不成敬意,十万八万的现钞,对不起,还轮不到贺明楼的头上。五花八门,送上门来的全是些奇巧物件,什么荷兰国的珐琅小怀表,自然是小绺掏洋婆子腰包时顺手牵到的零碎,留着没大用处,出手又卖不上大价钱,只得送给贺明楼当个玩物。而梁九成身为团头,各方锅伙孝敬他的只是钞票,他又舍不得分一半给贺明楼,偏偏那一年他独出心裁,给贺明楼送来了一个刚刚十岁的小女孩儿。

"这孩子命苦,贺大人发善心,留在家里当猫儿狗儿养着,给口饭吃就行。"梁九成扳着孩子小脸蛋给贺明楼看,言外之意是说:不消几年,这孩子便能出息成个天仙。

"这怎么可以,这怎么可以呢?"贺明楼为难地搓着双手,执意不肯收下。

"积德行善,贺大人,你若不肯收养,这孩子便要沦落娼门了。"梁九成苦苦地一番恳求,其情其意不为不诚。

"贺大人,您老救救我吧。"突然,那小女孩儿直挺挺地跪在贺明楼面前,两行热泪,她已是泣不成声了。

贺明楼不是不肯收着这个女孩儿,明明是白送上门来的便宜,他何以还会拒之门外呢? 只是他实在闹不明白,这样的便宜,梁九成自己不留着,居然拱手相让他人,其中也许有诈。

"和你明说了吧,贺大人。"梁九成见贺明楼满脸狐疑,便索性把此中原委向他说个清楚。"这孩子,也算是出身名门,不三不四的人,我也不敢往府上送,日后出了差错,我也担当不起。这孩子的老爹,原也是个人物,偏他惹下了杀身大祸。一位有权有势的人物四面八方派下人来搜寻,而且有交代,要死的,不要活的。贺大人自然知道地面上的规矩,凡是走投无路的人,只要一下了锅伙,那就算是保住了性命。

因为几百名锅伙窝成一个团儿，伙住在一家黑店里，无论是什么军警宪政，那都是束手无策的。下了锅伙，腰里还揣着点'家底''浮财'，把团头孝敬好了，给锅伙们看着老窝，锅伙们就护着你，谁也找不着你。"

"这孩子的老爹是谁呀？"贺明楼好奇地询问着。

"贺大人只知道他姓王就是了。看看这孩子的'派头'，贺大人对这位王大人的种种情景也就略知一二了。"梁九成遵守锅伙的规矩，绝不对外界泄露天机，抬头看见贺明楼似不再固执，便又接着说了下去，"只是这位王大人肝火太旺，沦为锅伙之后，七窍生烟，没几日，便怒火归心，一命呜呼了。临死之前，他求到我的门下，只求我给这孩子找个妥帖的去处。贺大人知道，锅伙是男人待的地方，你让我把这孩子交给谁呀？"

梁九成述说着，小女孩儿一旁嘤嘤地哭着，偏偏贺明楼心软，他在这孤零女孩儿的央求面前动了恻隐之心："唉，真是给我找麻烦！"贺明楼一挥手，救人一命，胜建七级浮屠，没办法，贺明楼便将这孩子收养下了。

当即，贺明楼给这孩子改了名字，叫王露。一张名片，又差人将小王露送到老西门，进了一家育婴堂。八年时光过去，嬷嬷们将王露教养成了一个知书识礼的女子，十八岁出了育婴堂。贺明楼凭借着区公所所长的一点虎威，不便沾便宜,没花几个钱便买了一套深宅大院,又托人在一家大学里给王露办了个学籍。从此,贺明楼才发现自己当年发的一点点善心,如今竟有了善有善报的结局,所以先哲遗训,能行善时且行善,没错儿。

……

"小露呀,我现在算看透了。"舒舒服服,贺明楼在王露的侍候下,洗脸更衣,又舒舒服服地坐在大藤椅上,由王露在一旁一杯一杯地倒茶,吃着王露一片一片地剥着又送到嘴里的橘子,飘飘欲仙,他摇头晃脑地说着,"依我看呀,这中华民国就是一口大锅,四万万同胞就是一个大伙,上至夫子圣人总统司令,下至黎民百姓芸芸众生,一个不少,通通的全是锅伙,全是臭花子。"

"贺伯伯就不是锅伙。"王露娇滴滴地说着。

"又是什么贺伯伯,你就叫我明楼。"贺明楼无限怜爱地在王露嘴巴上捏了一下,佯作嗔怪地纠正着,"将来,我也是锅伙,准得下锅伙。哈哈,天下人人皆锅伙。"

"贺大人平步青云,如今正在得意之时,连大总统过生日,都要先拜会贺大人,贺大人怎么说来日会下锅伙呢?"说着,王露站起身来,走到贺明楼的背后,一双小手轻轻地捏着贺明楼的肩膀,给贺明楼舒筋活血,美得贺明楼微微地闭上了双眼。

"我说同胞四亿皆锅伙，绝不是说中国人全是叫花子，人人要饭，跟谁要去呀？大总统就不要饭，当一任大总统，能赚出八辈儿的吃喝，人家再落魄，也不会沦为乞丐。朱元璋当了一任皇帝，姓朱的坐了三百年江山，明亡之后，至今又三百年，锅伙里有姓朱的没有？"

"有！"王露撒娇地抢着插言。

"那也不是人家朱姓的正根正叶。"贺明楼抬手在王露的手背上拍了一下，算是驳斥了她的谰言，"什么叫锅伙？锅伙就是不讲情义，不知羞耻，什么见不得人的事都做得出来，一帮一伙地合计坏主意，让天下老百姓不得安宁，这就是锅伙！"

"哎哟，贺先生，你这么大学问，快写一本书吧。"王露轻轻地在贺明楼肩上捏了一下，极是认真地说。

"写书？我可没那么大的学问，那要是一个比锅伙还要坏的锅伙，才能写出锅伙的情趣，光写小锅伙有嘛意思？要写大锅伙呀！"

"怎么？还有大锅伙？"

"既有小锅伙，那是必有大锅伙；小锅伙，我熟，打了十几年的交道，可是大锅伙是谁呢？我还要细细地察看。"

"只怕你察看不出来，大锅伙若是会被人察看出来，那也就变成小锅伙了。你呀，少费那番心事，还是办你的正差吧,能给大总统效力办事,也许,你的时运就要到了。"

"我交上好运,那不是你的福气吗?"顺势,贺明楼将王露一把拉了过来,咯咯咯咯,两个人笑成了一团儿……

自从把锄奸署划拨到区公所管辖之后,贺明楼觉得区公所所长的差使有意思多了,一反过去慵懒的常态。贺明楼精神抖擞,事必躬亲,凡是锄奸署的事,最后一律由所长定夺。

当然,紫竹区毕竟是个死气沉沉的地方,区内无旅店,来往津门的各路奸党一律不到紫竹区来走动。而且紫竹区内无娱乐场所,没有茶肆酒楼戏园舞厅,举凡一切奸人出没的地方,这里一概没有。由是,这锄奸的生意比起南市区、河东区以及什么一区、特别区来那是冷落多了。而且紫竹区内的人家大多是书香门第,一家一户的深宅大院日日大门紧闭,即使你翻墙跳到院里,也抓不着什么推牌九的、押宝的、打麻将的,连个看小画报的都没有。家家户户老老幼幼,全都在读书写字吟诗作画,一股穷酸气令人作呕。

好在,没有不开张的油盐店,大大小小,紫竹区的锄奸署也捞了几笔油水。一次是直隶中学闹学潮,学生们起哄要把校长赶下台,当局出面干涉,扣了几个带头的学生,一查,全是住在紫竹区的娃儿。贺明楼派下的人去挨家挨户通知,让各家各户交保领人。有几户胆小的人家在交来的保书中居然夹着上千元的"通融",贺明楼一眼睁一眼闭,自己留下了一半,其余的一半就给手下人分了。还有一次,贺明楼坐在区公所里品茗,居然就有人送来了一份"孝心"。看看送来的帖子,平头百姓,问有什么事要通融?说也没什么事。就是这户人家前几天收到老本家从关外寄来的平安家信,信中也不外就是写了些什么"久不见碧梧翠竹之姿"之类的陈词滥调。但这家主人忽然发现这封信的信封似是被人拆开过,由之自然也就疑心来信被人查看了。说起来这也没什么怕查怕检的地方,只是如今的关外,东北三省不是立了满洲国吗?何况满洲国还是大日本帝国的藩邦属国,为躲避私通满洲的罪名,一份重金就送到了贺明楼的名下。贺明楼东拉西扯唏嘘良久,心照不宣,钞票照收无误,来人便打发回去了,算是白捡了个便宜。当然,也有吃软钉子的时候。紫竹区的一个老住户,人称是丁翰林家,也不知他家是哪辈上出过翰林,反正祖上出过一个翰林,子孙便有享不尽的盛名。偏如今当家的这位丁翰林执拗,紫竹区只知道有这么个人在某某大街某某号宅院里居住,全区官员、民众谁也没见过这位老大人是什么模样,他是大门不出、二门不迈,什么人也不见。现如今丁翰林家里出了位大少爷,正在辅仁大学读书,而辅仁大学里面那又是什么奸党、奸人都有的,而这位丁大公子还喜欢舞文弄墨,动不动地便在报端上写一篇《国人,醒来吧!》之类的文章。锄奸署一次一次到丁翰林家去探访,明说暗说没少吓唬丁家老夫人,但结果连包茶叶钱也没唬出来,为这事锄奸署一再怂恿贺明楼亲自出马,直到现在,贺明楼还没找到机会。

由于史晓园将锄奸署拨给了区公所,贺明楼没多久时间便由一个两袖清风的区公所所长,摇身一变成了个有权有势,又大发横财的显赫人物。然而史晓园拜托贺明楼通融的事情,贺明楼还一点门路都没找到。史晓园这个人有谋略,他总惦着在天津市弄个副市长当当。做市长,那是要有来头的,须直接由中央政府委任,而且还兼任着什么冀察晋三区前线司令长官的要职,不仅是中央政府的全权代表,还得有自己的万千亲兵。尤其是九一八事变以来,华北一带军政官员的任免事项,都得有日本关东司令长官的认可。最近一段时间华北地区屡屡发生中日摩擦,日本军方再三与中国方面交涉,提出要撤换天津市长。但是做副市长,那是只由市长大人提携任命就可以了,有靠山、有背景,成为一方势力的头面人物,就能在几十名副市长的阵容中占一号。史晓园在天津政界是位资深人物,而且颇受三教九流的拥戴,但现在他缺的只是租界地寓公们的支持,倘能攀上前大总统徐世昌,不必徐世昌说话,便自会有人推举他出任要职了。所以……

所以这其中才有了文章。贺明楼心中为之一动，忽然间一道亮光照射进他的心间，多年来许多懵懵懂懂闹不明白的事情，一刹那时间，他全看透彻了，他心中亮了。既然你史晓园想攀上徐世昌指日高升，何以我贺明楼就不能高攀徐世昌平步青云呢？徐世昌已经是八十岁的人了，他的一举手一投足还不全是靠身边的人牵线操纵？有了，刻不容缓。贺明楼打扮停当，备车，赶路，他直奔英租界徐世昌公馆而去了。

坐落在英租界咪哆士路上的徐世昌公馆，好大，占地足有四五十亩，四周好大一圈铁栅栏围墙。隔墙望去，墙里是茂密苗壮的树木，葱郁碧绿的田园，假山、小溪、花圃、草地，简直就看不见树丛后面的住房。树丛间，鸟叫、蝉鸣，一派宁静景象，压根见不到一个人影儿，更听不到一丝声音。据报端传言，徐世昌虽已八十高龄，但每天依然要荷锄亲耕。可据咪哆士路上的老住户们说，他们从来没看见这围墙里有人耕种田地，当然那田亩间确实栽着蔬菜，也盛开着鲜花，但一切都似是天生成的，根本不用人们栽种。

双手抓住围墙栅栏，贺明楼犯了愁。这么深的宅院，那该如何将那位杨敬轩大人唤出来呀？你无论如何喊，他在里边也听不见呀！那就找门，总得有门吧。找到了，大铁门，但是挂着大锁，大锁上生着锈，而且没有门铃，用力摇晃，也哗哗地响。"喂,有人吗?"没有人理你,这明明是个废门。再沿着铁围墙往前走,拐过一个方向,从正东到了正南,又有一个门。门外扫得干干净净,是个有人出入的地方,但铁门也关着,用力拍了两下,梆梆,无人理睬,再使劲拍,手掌心拍疼了。唉,真是不可思议,何以这徐大人公馆就终日没有人出入?琢磨琢磨,明白了,人家徐公馆里的人,不似咱们小门小户的人那样随时出来进去,人家出门还家都有定时。出门时,仆人拿着钥匙跟在后边,送走之后,大门锁好,仆人又回到下房,只要到主人快回来的时候,仆佣再提着钥匙从下房来到门口恭候,除此之外,绝无任何人走动。再沿着铁栅栏往前走,正西、正北,总共看见了四处大铁门,全上着锁,而且无论贺明楼如何喊叫,里面都没有一个人答应。唉,天津卫呀天津卫,天津卫光出这种邪门的事,深宅大院里的人和外边没有一点来往,活赛是他们从此再也不出来了。

其实哩,这铁栅栏围墙并不高,而且栅栏间的花格格也能蹬能踩,你只要稍一攀越,也就翻墙跳进去了。只是谁知道那会落个什么结局呀?莫看现如今你喊叫没人理睬,只要你翻墙跳过栅栏,不等你双脚落地,保准便有一帮恶汉扑了过来,三下两下便把你收拾了。这么个大人物住的地方,能没有暗道机关吗?

乘兴而来,败兴而归,连杨敬轩的影儿都没见到,无可奈何,只能回家吧。在心中暗自叹息一声,贺明楼难免感到一阵心酸,想一想自己平日在紫竹区区公所不可一世的神态,再看看如今到了徐公馆连大门都没找着,真是臭虫往瓜子里边钻,你也算得是个仁儿(人)吗?可是,不是人又是嘛呢?莫看在这里找不着大门,回到区公所,那大门得给我好生地打开迎着,"虎不拉"鸟站坟头儿,不是各有各的窝儿吗?

垂头丧气,贺明楼无精打采地回到家来,用人禀报说,有一位杨先生刚刚来府上,现在正在客厅等候贺明楼呢。贺明楼喜出望外,一路大步直奔客厅而来,果然,杨敬轩正坐在客厅里摇扇子品茗呢。

"哎呀,杨大人,你让我找得好苦。"贺明楼又是作揖,又是施礼,兴致勃勃地说着。

"贺先生围着铁栅栏转圈儿的情景我都见到了,还一处一处地拍门,那铁门是拍不开的。"杨敬轩说着,还哈哈地笑出了声音。

"怎么?杨大人刚才在院里看到了?"贺明楼不由惊讶地问。

"我怎么有资格进到公馆里去呢?"杨敬轩说话的口气已是不那么张扬了,"徐公馆的几个管事,在徐公馆的对面街上有一套楼房,有什么吩咐,我们就在外边奔波操办。徐公馆府邸，我是三年五载也进不得一回的。"

"哎呀呀，你听听，我还当杨大人就在公馆里当差呢。"贺明楼不由得连连地咂舌赞叹。

"在办事房里看见是贺先生在拍徐公馆的大门，我就知道是来找我。可办事房里人多眼杂，我也不好把你请上来说话，这么着，我就来府上拜见你来了，造次，造次。哈哈，哈哈，哈哈哈哈。"说着，杨敬轩又放声地笑了。

吩咐仆佣摆好酒席，贺明楼请杨敬轩在家中便餐小酌。二人对面坐下，三巡美酒下肚，贺明楼才对杨敬轩说出了去徐公馆找他的原因。

"上次杨大人交代的官差，我已经对锅伙团头们交代过了，只是杨大人留下的钱没用了，我把余下的这一千元如数奉还。"说着，贺明楼从腰兜里取出一个布包，里面有厚厚一沓钞票，塞在了杨敬轩的手里。

"嘻，贺先生太认真了，剩下的，自己留下用就是了。"杨敬轩虽是这样说，但没有把那个布包退回来。

"为大总统办事，不敢有半点马虎。"贺明楼的面容极是庄重，大有清廉秉政的神态，"再说，对下三界的锅伙团头，只要吩咐一声也就是了。这是嘛日子？大总统八十大寿，借他点胆子他也不敢闹事呀，杨大人放心，全吩咐过了。从大总统生日那天算起，前三天后三天，黑钱白钱不上路，神仙老虎不走街。团头在场子口上立花竿,苦佬吃星星月亮,背篓走子午时,嘎子码彩门吊汉,全给我晾三天秧子,放心看好吧,杨大人,天津卫保准平平安安。"贺明楼甩了一大堆黑话,杨敬轩一句也没听明白,反正他知道到了徐世昌八十大寿的时候,天津卫保证是天下平安。

"拜托,拜托,那就全拜托贺所长了。"说罢,杨敬轩将那个包钱的小布包捏过来,顺手,揣在长衫里面的衣兜里。

陈年老酒你一盅我一盅热热乎乎地喝着,天南地北古往今来的闲话你有来言我有去语地唠着,没多少时间,贺明楼和杨敬轩已是称兄道弟,互相引为是知己朋友了。

眼看着杨敬轩有了三分醉意,贺明楼这才慢慢地往正题上引:"这话我是不好向杨大人开口的呀,只是受人之托,我也只好舍下一张面孔了,杨大人要鼎力相助呀。"

"好说好说。"杨敬轩气宇轩昂地说着,好像是一切都能包在自己身上。"总统公馆一年几十万花销,全是办事房操办,无论是吃的用的穿的戴的,也无论是什么奇花异卉珍禽异兽,太大的活物,徐大总统是不要养的。不过上一次一对纯种波斯猫,经我手,就开了个好价钱。"杨敬轩说着,目光盯着贺明楼。

"不是生意上的事。"贺明楼已是看出了一些端倪。这位杨敬轩在办事房负责街面上的闲事,徐公馆里的日常开销,由他掌管，所以他才暗示如果有什么奇巧物件，保准能沾上大便宜。

"包点大项工程？栽树？修缮？今年是不行了，全包出去了……"杨敬轩又说。

"那类琐碎事，就求不到杨大人头上了。"贺明楼打断杨敬轩的话说，"一个朋友，当然了，也是位说得过去的朋友，明说了吧，史晓园史区长……"

"认识，认识。"杨敬轩又喝了一盅酒说着。

"他求我向你求个人情，待到大总统八十大寿那天，能给个面子让他进内厅给徐大人行礼贺寿。"

"啊？"突然，杨敬轩放下酒盅，腾地一下站了起来，"这事找我？"

"是呀，您老不是办事房总管大人吗？"

"嗐，误会，误会，大大的误会了。"扑通一下，杨敬轩又坐在了椅子上，"办事房，就是管公馆里的油盐酱醋，管理花木呀，修缮房屋呀，装水管呀，安电灯呀；给老爷子祝寿的事，那是由肖竹村大人一手操办的。"

"可是，要想求肖大人，不是得请您老搭桥做中间人吗？"贺明楼摇晃着手掌说。

"我搭桥？兄弟你也太高抬我了。人家徐大人任民国大总统的时候，肖竹村大人是御前文书。来往信稿，演讲致辞，一律由肖大人拟稿。我在办事房当差十年,合在一起没见过肖大人几面,压根儿就没说过一句话。唉呀呀,明楼老哥,你可真把我当成个人物了!"又是一盅老酒下肚,杨敬轩竟笑得前仰后合。

当然,终究是在徐公馆里当差,多多少少有点耳闻。据杨敬轩介绍,这位肖竹村大人,死木头疙瘩一块,六亲不认,无欲则刚,不贪吃、不贪财、不近女色,谁也休想跟他套近乎。而且,他身为徐世昌的得意大弟子,自己又从不收认门人。他说有恩师健在,自己不敢妄立门户。因为徐世昌爱赋诗,他肖竹村就绝不与任何人唱和;因为徐世昌爱书法,他肖竹村连个毛笔字也不写,他说他自己就是徐世昌的一名捧砚的书童。正因为他的忠,他的谦,他的礼,他的仁,所以他最得徐世昌的信任。徐世昌对肖竹村,那是言听计从。有人说,明着看是肖竹村给徐世昌捧砚,暗地里是徐世昌给肖竹村捧砚,如今徐世昌耄耋之年,垂垂老矣,一切就更由肖竹村摆布了。

人,总不会没有一点弱点吧,鸡鸭鱼肉,山珍海馐,他总得爱吃一口儿吧?金银财宝,国色天香,他也要喜欢上一点儿吧?即使一个人就是金刚罗汉,他至少也要跟往他案前炉里敬香的善男信女近乎。一个人和一道城防一样,久攻不下,那是你没用对炮弹,有时候装火药没用,你越炸他越硬,到时候把火药换成别的什么玩意儿,说不定一发命中,当即奏效。

想来想去,杨敬轩终于想起来了,肖竹村大人雅好古砚。前二年为了看一方古砚,亲自下过苏杭二州,恰赶上孙传芳攻打浙江,乱兵之中险些丢了性命,后来还是孙传芳派兵车把他送了回来,同车还带回来一大箱从江浙名门望族家中搜抢来的古砚。肖竹村这人将钱财看得极淡,唯独沾了古砚手黑。那一箱古砚,他连一方也没让徐世昌看,暗中全收藏起来了。

天津卫,谁家收藏古砚呢?有呀,杨敬轩不假思索地信口便说:"就在你们紫竹区管界内,丁翰林府上,嘛老掉牙的东西都有。前些年,徐大人想找一位姓丁的老人借一本字帖,派下来办事的就是我杨敬轩。你猜怎么着,那穷酸丁老头愣让我在大门洞里坐了三天冷板凳,我手里举的是大总统的帖子,人家愣是不见。我就气不忿儿,堂堂大总统怎么就治不了一个老百姓,就算各路英豪不服调遣,好歹不还有点亲兵了吗?也用不着装枪子儿,只要有个盒子炮,对准他大门口支起来,就不信他丁翰林不见我。"说着,杨敬轩又狠狠地喝了一盅。

……

果不其然,据锄奸署的人回来对贺明楼禀报说,就算是冲着丁翰林家大门口支起了机关炮，丁翰林也仍然是不露面。后来连吓唬带央求，好不容易进了内府，出来和锄奸署的官员见面的，是丁老太太。丁老太太六十多岁，但是耳不聋眼不花，头脑清晰。她不用人搀扶，大大方方地坐在太师椅上，冲着锄奸署的人说："不就是为了我家大少爷的事吗？随你们发落吧。我们老两口早就想送他到官府治罪了。他上面六个姐姐，他老爹五十岁得子，也是把他宠坏了，本来祖辈上立的家法，儿孙不许过问新政，自从大清国一退位，这天下便没我们的事了，偏偏他天天这个主义那个主义地胡起哄。痛痛快快，你们该如何处治便如何处治吧，也用不着给家里送信，免得再惹他老爹生气。"说罢，叭地一声，老太太狠狠地拍了一下桌子，站起身来，噔噔噔地走了。

"这明明是不拿咱当回事呀！"贺明楼听后摇摇头叹息着说。敲竹杠敲到这等人家头上，不买账。真是岂有此理！不过细想一下，既然人家丁翰林敢住在紫竹区里谁也不见，既然人家丁家大少爷敢跟当今民国政府说三道四，人家丁姓人家就必是心里有底，没有秘制定心丸，谁也没有这份豹子胆。锄奸署的人说："若不咱就动点真格的，把那个丁大公子抓起来。""得了吧！"贺明楼一挥手推翻了下属出的臭主意，"你没听丁老太太的口气吗？真有个保险的地方把她儿子收起来，她反倒放心了。别着急，凡是官府办不到的事，咱就给她上点锅伙的荤腥,出不了半个月,我得让她乖乖地来找我。"

料事如神,到了第十天,丁翰林府里就派出人来,到区公所求见贺明楼所长来了。贺明楼拿架子,不见,而且回答说凡是丁翰林家里的事,区公所一概不管,庙小,没有那么威风的神仙,该找谁就去找谁,翰林爷不是能耐大吗?天津市有市长,再不行找河北省省长,再往上南京民国中央政府,有头有脸的人多的是。贺明楼多不过是个土地爷。再大顶不了半个城隍,紫竹区谁家的事都能管,就是管不了丁翰林家的事。派出来说事的人再三恳求,无论多大的价码儿都行,这件事只能请贺所长出面,贺所长不出面,这件事没法儿了结。

嘛事非得贺明楼出面不可?大事,天大的事,谁也办不了的大事。一个星期之前,丁翰林家里来了个女洋学生,短发,戴近视镜,一脸的斯文,穿着也大方朴素,进到丁家府邸,径直到了丁夫人的住房,见到丁老太太之后,那女学生扑通一声便跪在了地上,双手叠在腰间,文质彬彬地给丁老太太磕了三个头,然后站起身来对丁老太太说道:"婆婆在上,儿媳妇王露给您请安来了。"唉哟,我的天,丁大少爷的新媳妇回家见公婆来了。

这一下可乱套了。丁老太太无论请到谁的名下,谁也不敢出面,冒冒失失地来到翰林府,新媳妇出来冲着你便是叩头请安，只这份见面礼，你掏得起吗？问新媳妇，混账儿子怎么不和你一起回来？新媳妇回答说她的郎君忧国爱民，已是只身一人赴汤蹈火去了。丁老太太喝一声："你给我滚出去！""滚，说不定是谁该滚出去呢。这是婚书，这是合影，堂堂正正，我是你们家的大少奶奶。无论容貌是丑是俊，你都包涵着点吧，我的老婆婆。"

　　走投无路，只能请区公所出面了。官断吧？弄不好官面裁定这个女子就是丁大少爷的妻室，那就把假戏唱真了；私了吧，谁知道这个女子多大的胃口呀。贺明楼，是棵葱，也有炝锅用得着的时候，这次是非你莫属了。

　　只是，丁老太太派去求见贺明楼的人在区公所碰了硬钉子，回来对丁老太太禀报说，压根儿没见着贺明楼，询问区公所的人，区公所的干事、文书们说，已有十多天没见着贺所长的影儿了。贺明楼哪里去了？打发出各路人马八方寻找，戏园子澡堂子里没有，赌场妓院里没有，鸦片烟馆里没有，大饭庄大旅店里也没有，这个贺明楼躲到哪里去了呢？终于，有人见到贺明楼了，说在紫竹巷大街的古董铺里，汲古斋、华翠阁、雅园，全是卖古玩文物的店铺，贺明楼从早到晚坐在里面闲坐聊天。天津的古玩店，家家都有一堂清客。这些清客不买不卖，每日只聚在古玩店里说古。说古当中有人拿来了什么货，店主看着有油水，留下，老清客们看着喜爱,出的价钱比店主还多。丁老太太问,这个贺明楼在古玩店里闲坐时,他留心的是什么玩器?派去探访的人回来又禀报说,贺明楼光看古砚。

噢,原来贺明楼雅好古砚!丁老太太明白了,不由分说打发人带上官礼去求见贺明楼,当然是去家里。这一下遇见了,他在家。

送礼不能只送一件。中国人以四为吉,以八为安,所以历来送礼一定要送上四件。贺明楼支支吾吾地将丁府的来人打发走,打开礼盒一看,他的眼睛亮了,正中下怀,头一件就是一方宝砚。

这方宝砚不太大,长三寸,宽二寸,猪肝紫色,看得出来是端溪水坑的旧石,石上有眼数点,作半月状,砚额端镌刻有"东方未明之砚"六个篆字。砚的背面刻有铭文:"残月的的,明星映映。鸡三号,更五点,此时拜疏击大奄。成则策汝功,否则同汝贬。"旁署"梦白居士题"五个小字。宝砚,真是价值连城的一方宝砚,看得出来,是南宋的遗物。

第二件大礼,贺明楼喜爱,银票。凭票取大洋若干若干,到底是多少?贺明楼直到最后不知。"哈哈哈哈!"四件大礼收起来,贺明楼放声笑了,"丁老头儿,原来你也有出血的时候。贺明楼玩你个老梆子,还不是比猪八戒吃豆芽菜还便当?哈哈。"贺明楼又笑了。

4

"哪里是各界人士给徐大人过生日呀？这明明是徐大人给各方闲杂人等过生日。"肖竹村端详着东方未明砚，摇头叹息，完全不顾及在一旁站立的贺明楼，自言自语地说着。

肖竹村先生，五十多岁，一双眼睛炯炯有神，人极庄重，举手投足都带着一副老态，神情看上去比年龄要老得多，是一个成全大事的坯子。而且肖竹村大人最明显的特点，是从来不顾所言所行，他人能不能理解，能不能接受。明明是那种一人之下，万万人之上的脾气。

贺明楼能举着东方未明宝砚见到肖竹村，完全靠丁老太太送的那几匹绸缎，打点了各个门槛儿上的机关。在徐公馆当差可是真肥呀。徐世昌待人很苛，从年轻时就以精打细算闻名于世。他做大总统时住在紫禁城南海，南海里鱼肥，每日他亲自督办南海的勤杂工役将水池中的鱼打捞上来卖给鱼贩，所得收入，全部下了民国大总统的私人腰包。如今从大总统宝座上退下来，在天津英租界做寓公，他自然更是吝啬。他办事房里的管事,月薪不及电灯房烧锅炉的小工,但是好处多,是个管事的就管点事,管点事就有油水。杨敬轩领出花销找贺明楼打发下三界社会渣滓,一半的款项退回来,比他两年的薪俸还多。这次引荐贺明楼见到肖竹村,杨敬轩得到的好处,那可是比崇公道得的那双鞋钱多多了。

见到这方东方未明砚,肖竹村的手都哆嗦了,他脸上的肌肉抽抽搐搐的活赛是抽了筋。肖竹村的毛病,无论遇见什么事,从来不点头,不摇头,只是脑袋瓜子转圈儿,那是从小背诵四书五经留下的后遗症。"子曰,有朋自远方来。"八个字,脑袋转一圈儿,"不亦乐乎!"只四个字,脑袋瓜儿也要转一圈儿。多年来中国人说一个人聪明为脑瓜儿转得快,指的就是这个意思。

"他想要什么价钱?"肖竹村将宝砚放在书案上,头也不抬地问贺明楼。

"哎呀,肖大人,东西送到了你的手里,谁还能提什么价钱呀?再说,这方宝砚在你书案上放着,是个无价宝;留在凡夫俗子手里,还不就是一块石头吗?"贺明楼百般迎合地说。

"不要钱的东西,我不收。"肖竹村一双眼睛还是盯着那方宝砚语调冷冷地说。

"那就由你出个价儿。"贺明楼说。

"我不知道市价。"肖竹村回答。

"史区长自己不好意思来打扰您,他托我向您禀告的意思是……"贺明楼看出肖竹村又要留下宝砚,又不肯掏腰包的神态,便趁热打铁,抓紧时机说着。

"唉!"肖竹村又是为难地叹息了一声,然后他反背着双手在房里转了几个大圈儿,脑袋瓜儿又在脖子上转了几个大圈儿之后,这才似是想出了办法,便对贺明楼说道:"这样吧,你对那位什么区长说说,反正徐大人不见当今政府官员,彼此不好述礼。徐大人是中华民国前任的大总统,按照官场礼节,在朝的当今权贵,原不过全是他的部下;可是如今徐世昌大人还乡荷锄,地方官员又是民之父母,所以双方以不见为好。"

"史晓园先生想以私人身份……"贺明楼在一旁出谋划策地说。

"他私人是什么身份?"肖竹村不客气地质问着。

"他私人没什么身份。"贺明楼毕恭毕敬地回答。

"这个月的二十五号是谷雨,水竹诗社的诗友们聚会吟诗,你让这位史先生带上两首律诗到水竹诗社里去吟唱。这个月的会长是原来宛平县的县令陶大人,陶大人记性不好,闹不清楚水竹诗会一共有多少诗友,打个马虎眼,就算是水竹诗社的诗友,临到祝寿的那天,水竹诗社的全体诗友要给诗社的诗仙祝寿,呼啦啦一块儿,不就全进去了吗?"

"可是,可是……"贺明楼刚要向肖竹村说史晓园压根儿不知道律诗是桩什么屁事,但他一想,好不容易肖竹村大人给了面子,就别再自讨没趣了,史晓园不会写诗,可以买诗嘛。"清明时节雨纷纷"改成"谷雨时节风习习",混进去就是了,待到徐大总统八十大寿之日,事后报端披露亲临寿堂贺寿的有史晓园,史晓园的名分不就有了吗?倘在寿堂上再结识几位了不得的人物,众人捧柴火焰高,说不定好运气就来了。

事情办到这般地步,贺明楼大功告成,史晓园关照自己的知遇之恩就算以德报恩了。再随便寒暄几句,贺明楼见肖竹村的精气神全集中在那方东方未明宝砚上,作揖施礼,贺明楼告辞之后,便反身向门外走去。

"你叫什么名字?"突然,在贺明楼身后,肖竹村冷不丁地问了一句。真是贵人多忘事,一进门来贺明楼便报上了自家姓名,才一会儿工夫,人家全忘了。

"后学贺明楼。"贺明楼回过身来答复。

"贺明楼?"肖竹村自言自语地重复着。

"正大光明的明,琼楼玉宇的楼。"

"明楼,咦,这名字好呀!"肖竹村突然眼睛一亮,这才举目望了望贺明楼。

"明楼不才,没想过这名字有什么讲究。"贺明楼对于肖竹村的恭维不敢承受,便依然谦卑地说着。

"你想呀,我叫竹村,你叫明楼,咱两人不正是珠联璧合,交相辉映吗?"

"竹村?明楼?"贺明楼也自言自语地重复了一遍,半天,他才又说着,"竹村先生是当今名儒,贺明楼一介凡夫……"

"不对,不对。"肖竹村一步走过来,满面高兴地冲着贺明楼说:"恩师徐大人早就对我说过,竹村呀,你是不遇琼楼不成势呀!你瞧,如今有明楼在前,我肖竹村该到出头之日了呀!"肖竹村越说越高兴,他已是把眼前的贺明楼看作自己的引路仙人了。

"有什么用得着贺明楼的地方,肖大人只要吩咐一句话下来,贺明楼赴汤蹈火,在所不辞。"贺明楼受宠若惊,连眼泪都快涌出来了。

"明楼老弟,明楼老弟,助我一臂之力,你帮我一起操办徐大人的八十大寿贺典吧!"说着,肖竹村一把抓住了贺明楼的胳膊。

"什么?我?为徐大总统操办寿典?"贺明楼不敢相信自己的耳朵,但是,他说话的声音已经哆嗦了。

"非你莫属,非你莫属呀,我的明楼贤弟!"肖竹村一使劲,就把贺明楼按在了椅子上。其实这时贺明楼一双腿早瘫软得没了一点力气,倘不是肖竹村将他按在椅子上,他自己就要瘫在地上了。

天底下怎么就会有这样的巧事？凭着一个名字就白捡了一个肥差？绝对不是瞎编的！古往今来有权势的人选拔人才，多一半看名字，所以中国人才争先恐后地用那几个吉祥的字起名字，什么龙呀、彪呀、忠呀、胜呀；还有什么兴呀、治呀、文呀、成呀，将这些人提到身边来，走在路上都威风，报纸上一报道，陪同大总统同行的有兴成、文治、富民、定邦，听着就提精神儿。

就这么着，紫竹区区公所，又看不见贺明楼的影儿了。每天每日，贺明楼往英租界徐公馆跑，他给下属留下话，有急事给我往总统府挂电话，别打办事房，办事房在徐公馆外边，我在徐公馆府邸里边。

一点不假，贺明楼到徐公馆任肖竹村的协理，走马上任便进到了徐世昌的私人府邸，也就是上次贺明楼没找着大门的那座大花园。一开始，贺明楼也没闹明白，何以他明明看着徐公馆的铁门上挂着大铁锁，可是当他兴冲冲地往大铁门走去的时候，院里正好有一个拿钥匙的仆佣急匆匆地迎面向他跑来，贺明楼才走到门外，哗地一下大铁门打开了，仆佣深深地一鞠躬，贺明楼大摇大摆地走进院来。过了些日子，贺明楼明白了。原来这也没什么机关，只是徐公馆对面临街的办事房，专门有人盯着大铁门，一看见是公馆里的人来了，门铃在他屋里装着呢，除非听见这种门铃响声之外，即使外面架起机关炮，仆佣也是不会出来开门的。

徐公馆的庭院，这个大呀！从走进铁门到进文书房，贺明楼是大步流星，也要十分钟。从靠近铁栅栏围墙算起，先是一层高树，有梧桐，有洋槐，还有几棵枫树；树里边是草地，过了草地是花圃。一弯小溪之内算是内府，小桥、假山，几百盆盆景、山石，名贵的盆栽热带花草；再里面有几十畦菜地，据说那就是徐世昌荷锄亲耕的地方。再往里，回廊、鸟笼、盆花，一座大楼房，那是贺明楼进不得的；拐到楼房东侧，一座小楼，便是徐世昌的文书房。

文书房里很静，总共十几个文书，清一色男性，都在四十岁年纪，极斯文，闹不清楚一个个会不会说话。各人有各人的房间，各人忙着各人的差事。贺明楼协理肖竹村操办八十寿典，便坐在肖竹村的书房里听派遣。

诚如肖竹村所感叹，哪里是为徐世昌筹办寿典，明明是为各界人等操办过不完的生日。贺明楼自从协理肖竹村操办寿典以来，真是吃不完的请，受不尽的礼，听不过来的戏，跳不完的舞。每天每日，贺明楼怀里揣着数不清的帖子：中午，丝绸商会聚合成大宴，下午两广会馆登瀛楼大宴，晚上某某洋行送来的戏票，散戏之后，小汽车等在中国大戏院门外，皇后舞厅还有新潮人物恭候。反正贺明楼和旧式人物打交道时是穿袍子马褂，与时髦人物来往时又是西装领带，出入租界地，还有大礼服。最受罪是英国工部局一次晚会，喝了一杯又苦又涩的洋酒，吃了两片从活龙虾身上切下来的薄片肉，还浇上一层乳酪，闻着那股味儿就恶心，刀山火海，视死如归，反正全塞到肚里去了。最不是玩意儿，大家伙坐成一圈儿看几个洋毛子拉琴，也没板也没眼，也没个人唱，更没有锣鼓家伙点，就那么吱吱呀呀不紧不慢地拉了一个钟头，还不许咳嗽不许打喷嚏。肖竹村呀肖竹村，你哪里是遇明楼而成势呀，你明明是找个垫背的替死鬼，出来替你受这份洋罪。

贪图的不是这份差事实惠吗？贺明楼哪天也没空手回过家，三百两百的不往心里记，最肥的一次，大洋五千元。德国伦茨兄弟公司的总裁与贺明楼商谈给徐世昌八十大寿送贺礼的事，以什么名义？送什么东西？在什么地点？以什么方式？一切都谈妥了，最后伦茨兄弟公司总裁有一个要求，要在徐世昌八十大寿的前一天会见徐大总统在任时的前国务总理。云山雾罩，闹不清这些人的葫芦里卖的什么药。尽力成全吧，穿针引线，最后总算都定下来了。伦茨公司为感激贺明楼的一番奔走，酬谢大洋五千元。这其中到底有什么鬼？几经打听才明白了一些端倪，这德国的伦茨兄弟公司卖军火,而前总理大臣的弟弟又在当今的军界里主管军需,两方不好直接见面,就只好求贺明楼帮忙了。

说起来,这些事可都有点玄乎,若不是打着为徐世昌祝寿的名义,谁插手这种事,谁就有可能落个通敌的罪名,弄不好按奸细给崩了。难怪肖竹村不出头了。人家是文人、儒士,只一心给恩师祝寿,各个山头想借机办点猫腻的事,竹村儒雅,一心只读圣贤书,找明楼去吧。贺明楼有能耐,能成全事,什么事都能操办得天衣无缝,万无一失。

"肖先生,这几日外边的几件事要向您禀报。"贺明楼知道自己只是一个协理,在外边办了什么事,要如实上报。

"嘻,算了算了,你不是都办妥了吗?办妥了就完。"肖竹村什么也不要听,对贺明楼绝对信任。

"有些事,我还要向你讨个示下。"有几桩事,贺明楼不敢擅自主张,便想请示肖竹村,想要个"精神儿"。

"嘻,我有什么办法呀?你看着办好了,我如今正有一桩难题棘手,正束手无策呢。"肖竹村说着,脸上浮现出为难的神色。

"肖大人还有什么办不成的事吗?"贺明楼疑疑惑惑地问着。

"唉,明楼贤弟!"肖竹村叹息着唤了一声明楼贤弟,激动得贺明楼暗中哆嗦了一下。真是前生的造化,凭人家前民国大总统的御前文书居然与自己称兄道弟，这若是能赶在肖竹村在位之时有了这层交情，贺明楼何至于干了这许多年的区公所所长。"各有各的难处呀！"未等贺明楼说话，肖竹村便又是一番感慨。

"贺明楼办不成什么大事，不过万一有用得着的时候呢？"贺明楼试探地说着。

"你我之间早没什么不能说的话了。这事本也该让你知道。"肖竹村坐在沙发椅上，又示意贺明楼坐在他的对面，两个人这才促膝谈心，肖竹村说出了他遇到的天大难题。"你瞧，徐大人的寿日一天天地近了，一切准备也就都算妥妥帖帖，可是半路上杀出来一个程咬金。日租界的土肥原送来了帖子，他要亲临寿堂贺拜。"

"哟，好大的面子呀！"贺明楼大吃一惊，为土肥原能屈尊来给一个中国老头儿做寿，颇感出乎意料。土肥原是日本特务头目，常驻在天津日租界。一切中日"摩擦"谈判，中国政府方面的代表天天走马换将，日本方面的全权代表却一直是土肥原。今天代表日本军方，明日代表帝国政府，后天又代表日本侨民，红脸白脸大花脸，全由他一个人扮。明明他是一个代表日本朝野和民间的显赫人物，徐世昌的八十大寿，他居然要前来贺拜，这不明明是眼里有咱中国人吗，怎么会是难事呢？

"嘘——"肖竹村嘘了一声，给贺明楼泼了一盆冷水。"现在是什么时候？九一八事变、东三省沦陷、满洲国成立，华北一带又经常发生中日摩擦，中日两国虽未宣战，但到底也不能称之为亲善睦邻。而南京政府又最怕天津几位政界遗老与日本人接触。徐大人如今闭门谢客，躲日本人都躲不迭，他土肥原居然要登门贺寿，你说这不是出了个大难题吗？"

"这倒也是。"贺明楼平生没遇到过这么大的麻烦事，一时也没了主意。

"依明楼贤弟的高见，你说是见，还是不见？"肖竹村一双诡诈的眼睛望着贺明楼问。

"当然要见。"贺明楼不假思索地回答着，"土肥原就是大日本帝国，僧面也大，佛面也大。你不见他，他恼羞成怒，稀里哗啦再从国民政府手里夺下几省地界，这份人情，咱担不起。"

听着贺明楼的高见，肖竹村点了点头，似是极为欣赏："土肥原俨然是日本国的全权代表，徐大人会见法国、英国、美国的贺寿使节，何以不肯见日本使臣？这明明是仇日行为。南京政府一旦问罪下来，徐大人是什么事也没有呀，你我二人谁担待得起？"

"所以要见。"贺明楼说得更是斩钉截铁。

"只是，私下里与日本人接触，你知道这又是什么罪名吗？东北军如今蛰居西北，天天发誓打回老家去，四万万国民今天游行明日示威，强烈要求政府对日宣战，徐大人八十大寿的寿堂上，居然有日本要人前来贺拜，你说说，还是那句话，徐大人是什么事也没有呀，你我二人岂不就成了汉奸国贼？"

"那，那，那……"贺明楼没有主意了，只是坐在沙发上托着下巴发呆。

"明楼老弟，这件事只能请你出山去挡驾了，把土肥原拦在日租界里。"

"我？让我去见土肥原？我不会说日本话呀！"贺明楼惊愕地张口结舌，他万没想到肖竹村把这桩难事派在了自己的头上。

"怎么是让你去见土肥原呢？土肥原也不见你呀。是说请你想个办法，想一个能令世人看不出一点破绽来的办法，既达到目的，又天衣无缝。这，这可是看你的本事了，明楼贤弟。"肖竹村说着，把自己的手掌放在了贺明楼的手背上，那种器重、信赖，且又是拜托、恳请的神态，已是让贺明楼无法推诿了。

"可是，若想把土肥原困在日租界里，也不是件容易事呀！"贺明楼身负重托，且又无以为计，一时间托着腮帮犯了愁。"土肥原是个大活人,还有汽车,想去哪里就去哪里,谁也拦不住他。"说着,想着,贺明楼实在没了主意。半晌,他才疑疑惑惑地说:"要么,请南京政府的当今大总统下一道手谕,把日租界封了,不许出入。"

"中国的大总统,怎么管得了外国人的事呢?"肖竹村不以为然地答着,"老弟你又不是局外人,为什么设大总统?不就是管老百姓吗?外国人不算老百姓,不服中国大总统的命令,彼蛮夷也,岂可以伦理纲常待之?"

"大总统管不了,那就请锅伙出面!"贺明楼一挥手,当机立断,有了好主意。

"锅伙?什么是锅伙?"肖竹村少见多怪,不明白什么是锅伙。

"怎么跟你解释呢?锅伙,就是中国的二号皇帝,凡是皇上管不了的,统统由锅伙出面,无论多么棘手的难题,只要一到了锅伙的手里,就保准能天下太平。"

"那,索性由锅伙坐江山好了。"肖竹村说着。

"不是不可以呀。朱元璋就是锅伙皇帝,把天下治理得头头是道。只恨他的后辈儿孙们忘了锅伙的规矩,好好的天下,丢了。"

5

　　老实讲,贺明楼前两次找梁九成办事,还真是一分钱没破费。

　　头一次,杨敬轩刚把差事交办下来,贺明楼派人去给梁九成捎信,让他到区公所来一趟。梁九成来到区公所之后,贺明楼将他让进自己的办事房,劈头便吩咐说:"九月十三,是大总统徐世昌的八十大寿,前三天后三天,地面上平静些。"梁九成哈腰称是,爽爽朗朗地回答说:"贺所长放心,出一点差错,有我梁老九一颗人头在。"说罢,便走了。

　　十几天之后,贺明楼又找到梁九成:"九成呀,有一桩崴泥的事。"一五一十,贺明楼把丁翰林不肯出血的事对梁九成说了,梁九成当即便说:"唉呀老哥,现货就在你手里,干吗还来找我?"第二天便冒出来一个青年女子王露到了丁翰林家,冲着丁老太太磕了三个头,张口便说:"婆母在上,儿媳妇给您老请安来了。"

　　梁九成是什么人?他怎么就无论多大的瓷器活儿都敢

揽？他是中华民国的二号总统，花子头。

花子头，雅称是团头。有一出京剧《红鸾禧》，一位中举的书生被一位千金小姐看中，哭着喊着要与他结良缘，书生至死不同意，其理由便是这位千金小姐的老爹是个团头儿，当今的状元何以能拜一个乞丐王为泰山大人呢？但是花子头儿也是头儿，乞丐王也是王；而且花子国自成体系，统领一个花子国，其造化、本领不低于统领一个堂堂的什么古国。信不信由你，反正是当了花子头儿，做了团头儿，成了乞丐王，便也就终日享着荣华富贵，而且腰缠万贯，有妻有妾有丫鬟使女，还堂堂正正地被尊为社会贤达。以梁九成来说，天津卫历届市长上任卸任，出将入相，都要拜会梁九成先生，梁先生是个人物。

花子国，俗称锅伙，散居在天津卫的几十处地方。也有人有家室，人入了锅伙，依然每晚回家，只是仰仗着锅伙的势力吃饭，按月向锅伙交份银。锅伙的成员称乞讨为打狗，七十二行，最富是打狗上房，打狗是乞丐，上房是君子。凡是地面上放不下的人物，都要上房，梁上君子嘛，梁下的全是小人。

天津卫上百个锅伙共有多少伙友？梁九成不知道，他只是知道凭着他麾下的这几万号伙友，在天津卫他没有办不成的事。打架、起哄，把河水弄臭了，把地沟堵死了，稍不高兴，就给你点颜色看，莫说是华界，连租界地都惹他们不起。英租界工部局自认为治理有方，这样那样地在租界地里订了那么多条条，挤对得锅伙伙友不得上路，好办，一天晚上给你往租界地里抬十三个死尸，一个十字路口横上一个。不到三天，英国工部局就派人找到梁九成门上来了，说这条条该如何订，由梁九成说了算。所以，英租界治理社会的几十个条条，其中百分之九十九点九全是英国人制订的，只有一个条条是由中国人订的，这个给英租界订了《流民出入法》的中国人，就是梁九成，你说说他给天津卫挣来了多大的荣誉。

"怎么着，把土肥原拦在日租界里，不让他出来？贺爷，您老另请高明吧，我可没这份能耐。"梁九成听贺明楼述说完这次交办下来的差事，一巴掌拍在大腿上，当即便让贺明楼吃了个硬钉子。

"九成。"贺明楼亲密地拍拍梁九成的肩膀，和颜悦色地说着，"这桩事，还就得你办。你想想呀，那日租界是咱封得住的吗？撒下人进去捣乱，就像闹便衣队似的。原是日租界放出人来到华界捣乱，如今华界为什么不能进去人到日租界捣乱呢？可是日租界有驻军，有特务；再说日本浪人就不似英国居民，他们比中国混混还混混，交起手来，讲究拿大刀往自己肚皮里捅，你惹得起吗？"

"那就把花界的人打发进去。"梁九成给贺明楼出主意说。

"你去玩什么天体脱衣表演？那跟土肥原无关呀。别人谁爱看谁去看，他有自己的正事要办。"贺明楼说着，推翻了梁九成的高见。又是拍了一下梁九成的肩膀，贺明楼斩钉截铁地一挥手说道："反正这件事交你办了，能办也要办，不能办也要办。今天是九月初六，离着徐大总统八十大寿还有一个礼拜，到九月初十，你得给我把日租界封死。"说罢，贺明楼"啪"地一下将好厚的一大撂钞票拍在桌子上。这次，贺明楼找梁九成办事，动真格的了。

"哎哟，贺爷，咱弟兄之间怎么来这个？"梁九成一把抓过钞票，就往贺明楼怀里塞。

"这不是给你的。"贺明楼又将钱推了回去，"这么大的难事，别委屈了伙友。"不等说完，贺明楼转身向门外走去了。

"贺爷，贺爷！"梁九成急匆匆地从后面追上来，苦苦央求，他向贺明楼说着，"这事不好办，不好办呀！"

……

三天的时间过去，九月初九，离徐世昌的八十寿典还有四天，日租界方面不见任何动静，贺明楼活赛是热锅上的蚂蚁，他已经是六神无主了。

翻开这几天的报纸,报纸上一片沸腾,一大半的版面,全都是关于徐世昌八十大寿的消息。什么什么人物到津了,有什么活动,发表了什么谈话,会见了什么人物,连篇累牍,报道得详详细细。最隆重,是名流学者一篇篇的祝寿文章,"天以清为常,地以静为本,国因礼而兴,民由君而安,然天下百姓不能自治,故立君以治之……"等等等等,把徐世昌赞成了济世救民的活菩萨。尤为可喜,是娱乐圈人士为徐大人寿典助兴,纷纷登台献艺,一时之间天津城好一派歌舞升平。

当然此中也不乏刺耳之音,仍然是那位丁大公子,又是什么《国人,醒来吧》的一番呼号,什么东北沦陷,国难当头,祝寿是假,祸国是真……纯系一派胡言,迟早有收拾他的时候。

尽管和平时一样,贺明楼早早地来到了徐公馆,但他如今对徐公馆里的一切变化毫无兴趣,委顿畏葸,悄无声息,他活赛是做了什么见不得人的事,抬不起头来。截至今日,徐公馆里已是一切都准备停当了。楼房回廊修葺一新,大花圃里八十盆祝寿的牡丹已经放好,只等九月十三日祝寿之日,几百朵牡丹便会同时开放,那才给冠盖云集、名流荟萃平添许多兴味。到那时,徐公馆里人来人往,皇亲国戚,各国使臣,各界代表,当今高官要人络绎而来,门外停着车马,院里笑语欢声,中华古国,届时又是一派春光了。

只是日租界的事, 活像是压在贺明楼心上的一块大石头,倘若到了明天还没有消息,不能等肖竹村下逐客令,贺明楼自己便要老老实实地不辞而别。肖竹村交代下来的事没有办成,由此又误了不知多少大事,自己还有什么脸面在徐公馆出出进进?前功尽弃,自己多日来的一番辛劳便全都付之东流了,一点便宜没沾上。时至今日,连徐世昌大人的尊容还没见到呢,那才叫鸭子孵鸡——白忙乎。

"明楼,明楼,可喜可贺,天大的喜事呀!"噔噔噔,一阵急促的脚步声,肖竹村一辈子从来没有走得这么快过,兜起一阵旋风,他挥着手中的报纸,向贺明楼跑了过来。

"喜事?"贺明楼将信将疑地低声问着,他还以为是徐世昌大人于八十寿诞的前夕又被重新选为中华民国大总统,重返政坛,他老人家又要服务民众了。

"啪"地一下,肖竹村将手中的报纸拍在了贺明楼的面前,贺明楼懵里懵懂地凑近望去,只见报纸头版,头条消息,一号大黑体方字标题:《日租界紧急关闭租界》。

"怎么?日租界关闭租界了?"贺明楼还是惊讶不已地问着。

"明楼兄果然是非凡的才干呀!"肖竹村向着贺明楼拱手作了个大揖赞叹着说,"运筹于帷幄之中, 决胜于千里之外。这几天我在一旁还百思不解，何以拦阻土肥原的重任在肩，明楼居然还如此洒脱自如，原来是成竹在胸，明楼兄是胜券稳操了呀！"

"我看看，我看看。"贺明楼被捧得晕晕乎乎，他还不知道日租界到底发生了什么事，急匆匆抓过报纸来一字字地读来，读着读着，不由得他竟扑哧一声，笑了。

日租界居留民团向报界宣布，最近三天以来，在与日租界接壤处的南市大街一带，发生了严重的霍乱病情，为此，日租界紧急宣布，自即日起立即关闭租界地，任何人不得出入。

妙！真是妙不可言。日本人什么都不怕，就怕传染病！这可能是因为日本国太小，四面又被大海包围的缘故，万一传染病蔓延起来，如此密集的人口，那是不堪设想的。所以日本人把传染病看得比洪水猛兽还可怕。在这方面，他们不如中国人，中国地大，无论是什么病毒细菌，若想把这么大一个中国全传染一遍，它也没这么大的精气神儿。所以中国人不怕传染病，一条街上无论什么霍乱、肝炎，各家各户照样烧水煮饭，该娶媳妇的娶媳妇，该生孩子的生孩子，一切都不耽误。说来也怪，这传染病在中国还真传染不起来。

三天之前，日租界旭街上的一家日本医院，送来了一位病了。据送病人的汉子说，这病人住在南市大街，病了有好几天了,内热就是表不出来,送日租界吧,就这么着到医院来了。医院组织会诊,抽出血来化验,了不得了,霍乱杆菌,立即将病人隔离,送病人来的汉子也被收在了一间病房里。全医院消毒,十万火急报告留民团卫生署,发现一名霍乱病人。留民团卫生署正在通知日租界各家各户日本居民不要上街购物,不要下餐馆,不要去公共场所活动。谁料,又有一家医院送来报告,三名霍乱病人由南市大街送到日租界医院,该医院已经把其他病人护送回家了。

紧急报告,紧急报告,一夜之间,从南市大街往日租界送来了十几名霍乱病人,看样子还不完全是劳苦人。询问情况,有的说是职员,有的说是商人,有的神态还很是斯文。再询问病因,说也没吃什么不洁的东西,就是突然间觉得不适,没多久时间,便不省人事了……

关闭租界。租界地的东洋人西洋人一旦惹不起中国人的时候,唯一的办法便是关闭租界,而且日租界关闭租界更铁面无私,命令一下,栅栏门关上,栅栏门至封锁线五米无人区,任何人都休想出入。有一年日本租界地封闭租界,偏偏把土肥原截在了外边,他匆匆忙忙往回赶,结果还是没赶回家。困在租界地外,无可奈何,他又不能在华界住宿,便只好立即登船直奔青岛,结果愣是在青岛的日租界住了一个多月。

"明楼兄功德无量,徐大人知道了,也要铭感不尽的。"肖竹村又是向贺明楼施了一个大礼。

"不敢不敢。"贺明楼忙着还礼致意,极是受宠若惊地推诿着说,"尽心尽力为徐大人效犬马之劳,这还是贺明楼的福分呢。多少人想给徐大人办点事,徐大人不是连理都不理吗?事过之后,人们说起我曾协理肖竹村先生为徐大人操办过八十大寿,我也是体面光彩呀!"

"什么?协理?"肖竹村奇怪地询问着,"谁说明楼兄只是协理?"

"可是,为徐大人筹办八十大寿贺典,主办书记,正是肖竹村先生呀!"贺明楼面色严肃,神色极是认真地回答着。

"那是以前的事。从今天开始,徐世昌大人八十寿诞办事处的主办书记,已经是贺明楼了。"说着,肖竹村从怀里掏出一份帖子,这是代表徐世昌八十寿诞办事处对外交往的信帖。信帖的落款,主办书记,贺明楼。

眨巴半天眼睛,贺明楼简直不敢相信眼前发生的这一切会是真的。几天的时间,凭他一个紫竹区区公所的小所长,青云直上,转瞬间竟攀到了徐公馆主办书记的要职。这若是徐世昌当年任民国大总统的时候,自己就是大总统的侍从书记官,大总统忙的时候,他贺明楼就可以代表大总统接待外国使臣了。

"肖大人，这可是桐叶封弟，天子无戏言呀！"贺明楼引用的是晋成王桐叶封弟的典故。本来晋成公举着一片桐树叶是和他的弟弟开玩笑，说了句"以封汝"的戏言，谁料弄假成真。皇上不许耍贫嘴，说封便要封，顺水推舟，他的弟弟就做了唐王。

"这何以是戏言呢？徐大人求贤心切，他早就说贺明楼是个人才了。"肖竹村说得情真意切，让人无法怀疑其中有半个字的玩笑。

"徐大总统知道我在这儿效力？"贺明楼问着，一双眼睛里闪着莹莹的泪光。

"明楼兄屡建奇功，徐大人早就想请明楼兄在书房叙谈了，只是这一阵徐大人太忙。我看这样吧，到了九月十三，你就和我们这一班私淑弟子们一起进去给徐大人贺寿好了。"

"啊？"贺明楼听得全身热血沸腾，他面膛烧得赤红赤红，一双眼睛乌亮乌亮，他的手都有些哆嗦了。贺明楼，贺明楼，莫怪那个相面的神算子预言，说你迟早有发迹的一天，你瞧，不费吹灰之力，自己摇身一变，居然成了徐世昌的私淑弟子了。徐世昌的弟子，那都是当今的名士呀。封疆大臣、驻外使节、大学校长，顶不济的也比区公所所长强万倍，哎呀呀，这不眼望着就要时来运转了吗？

"只是,肖竹村大人,有件事我还是不大明白,我若是做了这主办书记,那,您老做什么去呢?"贺明楼到底上不了高台面,他对于今日自己的突然发迹还是不敢相信,便仍是半信半疑地询问。

"我呀,我不过是徐大人的学生罢了。"肖竹村回答着,眼神儿是那么诚笃,"这些年的情形都是这样,事情筹办时,找不到可靠的人,我就先滥竽充数;眼看着寿日到了,徐大人的学生弟子门人相继云集天津,他们有什么话要向恩师禀报,徐大人没时间接待,我是大师兄,便代表老师接见,徐大人对学生们一个个有什么吩咐,也告诉我代为转达……"

"噢,我明白了。"贺明楼点点头,终于明白了其中的奥妙。"从现在往后,您老就回到徐大人的身边去了,外场事呢,便交给一个生脸的人应酬。知己的学生弟子,就由你去和他们打交道去,那些徐公馆里面的人不便参与的交往,就只能让圈外的人跟着掺和,免得因为什么不方便的小事,惹起外界议论……"

"不对,不对,说得完全不对。"肖竹村听着,忙摇着双手否定,"绝不像明楼兄想得那么复杂。再说,明楼兄已成了徐大人的私淑弟子,到了时候要和我们一起入内厅贺拜的。须知,至亲莫如弟子,徐大人把他的学生看得比儿子都亲近呀。当今之时,能自称是徐大人私淑弟子,不也是一种殊荣吗?明楼兄,当仁不让,要知道多少人盯着这个名分,早已垂涎三尺了呀!"

"谢恩,谢恩!我贺明楼感谢肖竹村先生的知遇之恩。"说着,贺明楼向着肖竹村作了一个大揖,算是承受了肖竹村的一番厚爱之意。

6

南京国民政府的特派代表、总统府侍从副官孙梦家抵达天津的时候，车站上只有两个人去迎接，第一位是徐世昌八十寿典筹办处的主任文书贺明楼，第二位是一名二十岁的漂亮女子，名叫王露。

"呸！"昨天夜半，在贺明楼和王露一番温存终了，贺明楼将恳请王露出山迎驾南京国民政府特派代表的意思对王露述说之后，噔地一伸脚，王露将贺明楼从大床上踢了下来，然后自己围着被子依坐在床沿上，怒不可遏，冲着贺明楼又唾又骂。"你将我当成了什么人？人家一扑心地跟着你过日子，你倒要我去为你放鹰。上一次去丁翰林家充儿媳妇，本来就是假戏假做，干干净净地去了，干干净净地又回来，给你敲到手一方宝砚，一轴名画，也就算对得起你了。怎么如今你又要我去迎驾什么特别代表，你想过没有，那些人可不是吃素的呀，你这不明明是……"说着，王露抬手捂住面孔，真真假假，她竟哭了起来。

“哎呀,小露,我这是苦肉计呀!”摇摇晃晃,贺明楼从地上爬起身来,凑到床边,一手抚着王露的散发,情真意切对王露说着:“这也是为了你我来日的荣华富贵呀。你想想,凭我一个眼看着就要被免职的区公所所长,如今攀到了大总统御前文书的高位,现如今,南京政府的特派代表又由我出面接待,这不眼看着就要飞黄腾达了吗?为徐大人办完八十寿典,堂而皇之,我是徐大人的私淑弟子,竞选参议员,出任党务政务要职,谁敢说个‘不’字?可是,徐大人毕竟是下野的人,这委任状还是要由当今的大总统颁布,不把南京政府的全权代表抓在手里,他能为咱出力吗?小露,没办法,我实在是舍不得你,只是如今不是讲曲线救国吗?许他曲线救国,就许我曲线升官。”

“我不去!”王露依然噘着小嘴摇头。

“哎呀,至多五天,人家是政务缠身。”贺明楼摇着王露的肩膀恳求。

“五天还少呀?哼!”王露又汹汹地瞪了贺明楼一眼,“准是个老色鬼!”

“不好女色,他何以会听咱摆布呢?”贺明楼见王露似有些松动之意,这才更进一步讲清利害,“只要我有了一官半职,我就堂堂正正地收你为姨太太,无论什么场合,你都陪我出席。全天津卫的金银首饰,随你戴,全天津卫的衣服,随你穿。你知道前任市长的二太太有多少件裘皮大衣吗？五百件，全是白送的，有的是愣从别人身上扒下来的。为嘛都惦着做官？做官有好处呗。'官'字怎么写？头上一顶帽子，帽子下边两个没底儿大深坑，装满了上边的，还有下边的等着，谁也别糊弄谁，这道理人人都懂。光当区公所所长？那要什么时候才能给你买小汽车？你尝过坐小汽车的滋味吗？这次，你尝尝吧，压根儿用不着你走路，去利顺德大饭店，小汽车停到大门口，走两步，上电梯，再走两步，进卧室，再走两步高跟鞋甩下来，大软床上坐着去了，这一双金莲呀，就是为跳舞才长的。我不做官，你能享这份福吗？你呀，没见过大世面，胃口还没吊上去呢。好歹我成个达官贵人，天津卫什么大字号开张不得请我去剪彩，咔嚓一剪子，一条红绫子剪断了，大吃大喝之后回到家来，一看，那把剪子给你送到家里来了。"

"嘻，要剪子有什么用？"

"你当还是刚才那把剪刀呀？换了，金的，纯金的一把剪刀！"说着，贺明楼的脸都红了。

"唉哟，那该打多少'嘎子'呀！"听着，王露的脸也红了。

"所以，委屈几天吧，小露，咱们的好日子就要到了。天欲降大任于斯人也。"握住王露的小手，贺明楼给王露背起了古训。

"讲好了,咱可就这一回。"经不往贺明楼再三恳求,顾全大局,王露终于半推半就地同意了。"有言在先,事成之后,混上一官半职,你可得正儿八经地立我为姨太太。"

"苍天在上……"说着,贺明楼指着屋顶,冲着王露就要发誓。

"少跟我演戏。"又是一推,贺明楼被王露推到了椅子上,"说说,我怎么陪这个南京政府的全权代表吧。"

"把他看住了。你算是临时行辕秘书,不让他见任何人,不许他和任何人打交道,逼着他给我下委任状,当然满足他的一切要求。"

"那还用你说,呸!"王露又是唾了一口。

……

和贺明楼估计得完全一样,这位国民政府派下来的孙梦家是位新潮人物,灰色笔挺西装,巴拿马织锦领带,灰色礼帽,黑皮鞋,未必有四十岁年纪,胳膊上却挎着文明杖。下得车来,贺明楼和王露迎上前去,一伸手,人家孙大人便握住了王露小姐的小手,从此一双眼睛只滴溜溜在王露小姐身上转,压根儿就没瞧贺明楼一眼,窘得贺明楼一个劲儿地搋鼻子。

"孙大人一路辛苦了。"贺明楼简单地介绍过自己的姓名、身份之后,便代表前总统徐世昌大人问候孙梦家的旅途劳顿。

孙梦家理也没理贺明楼，只翕动鼻翼用力地吸着从王露小姐身上飘过来的香味，"好，很好，很好。"然后便在王露小姐的引导下，钻进了停在火车站外的小汽车。

坐在汽车里，贺明楼挨着司机坐在前排，他挺直了脖子一直没敢回头。身后，只听见孙梦家和王露悄声地说着什么。汽车驶过万国老铁桥，拐进老俄租界，停在利顺德大饭店门外。贺明楼先从车里下来，抬头再看，王露已经挎着孙梦家的胳膊走上利顺德大饭店高高的台阶了，那股亲热劲儿，活像是老相好的久别重逢一般。

"知道孙大人今天抵津，三天前，我们就包下了这套房间。"走进利顺德大饭店三楼的宽敞客房，贺明楼极力地炫耀自己办事的精明。"这套客房是利顺德大饭店最讲究的客房。当年孙中山大总统莅津，就是住在这套客房里的，孙大人看着还可以吧？"

"很好，很好，你很会做事。王露小姐，这位先生叫什么名字来着？"孙梦家眼睛盯着王露，询问贺明楼的名字。

"这位大人叫贺明楼，是徐公馆的总理文书，这次徐大人八十大寿，他是全权操办。"

"日租界那边有什么消息吗？"孙梦家还是没看贺明楼，他顺手将脱下的西服外衣交给王露小姐，心不在焉地问着。

"日租界那边已经关闭租界地了,任何人不得出入。"贺明楼一面回答,一面暗自琢磨何以孙梦家一到天津开口便问日租界的事,看来他来天津给徐世昌贺寿是假,而与日租界之间的纠葛,倒是最最重要。

"很好,很好,你很会做事。小露,他叫什么名字来着?"

"贺明楼!"这次是贺明楼自己回答了,"祝贺的贺,光明的明,琼楼的楼!"没有好气,贺明楼一个字一个字地对孙梦家说明着,心中颇是恼怒。不看僧面看佛面,何以你一个南京政府的代表就如此傲慢,别忘了徐世昌是民国前任大总统,到什么时候,人家也是君,你也是臣,人家是主,你是奴。

"兄弟此次北上,专程为徐先生贺寿,各界人士,一概不见。" 孙梦家似是对下属交办什么差事,冷冷冰冰地说着。

"今天晚上,各界人士为孙大人设宴洗尘,这点面子,孙大人总要给的吧?"王露小姐娇滴滴地又像是问话,又像是撒娇。

"盛情难却,那是盛情难却了。"说着,孙梦家一屁股坐在大沙发上,只一伸手,便拉着王露的手,让她坐在了自己的身边。

贺明楼看出,此时此际是自己告辞的时候了,立即他起身向孙梦家作了一个揖,然后说道:"徐大人八十寿典在即,明楼已是百事缠身,恕我不能久陪,孙大人有什么事情要办，就留下王露小姐在这里照应了。"

"很好，很好，你很会做事。"不容贺明楼再多唠叨短长，孙梦家站起身来，几乎是撵着贺明楼往外去，贺明楼才从客房门槛迈出腿来，当地一声，房门便在他身后狠狠地关上了。

"呸！"贺明楼恶汹汹地吐了一口唾沫。

噔噔噔，贺明楼沿着楼梯走下来，怒火中烧，越琢磨心里越不是滋味。这几天，贺明楼平步青云，转瞬间在徐公馆爬到了总理文书的高位，众人眼里，他已经是徐世昌大人的私人代表了，许多人想给徐大人贺寿，排不上名分，把礼单送到贺明楼手里，已是铭感不尽了。可这个民国代表就这么目中无人，呸，真你妈的不是东西，倘若你孙梦家在天津有家，夜里非得派几个锅伙的伙友，提着一桶大粪，好好地给你在大门上刷刷门脸不可，让你三天不能出门。呸！贺明楼又狠狠地骂了一句。

"明楼，我找得你好苦呀！"贺明楼才走到利顺德饭店门外，身后一个熟悉的声音唤住了他，回头望去，原来是史晓园。

"史区长大人，你怎么一个人在这儿？"贺明楼迎上前去，关切地向史晓园问着。

"听说民国中央政府的代表到了。"史晓园悄声地问着。

"就住在三楼。"贺明楼往上面努努嘴说。

"通报一声,只说是史晓园求见。"

"你呀,哪儿凉快哪儿待着去吧。"贺明楼推着史晓园就往远处走,"这阵,他正跟王露演练秘戏图呢。别说是你,就是现任大总统来了,他也不肯见的。呸,真他妈的不是玩意儿,就跟压根儿没见过娘们儿一样。"

"嘻,只要他有所喜好,咱就好办事;就怕他连娘儿们都不稀罕,那可就找不着门了,你说是不是?哈哈,哈哈哈哈……"说着,史晓园拉着贺明楼走了。

据史晓园对贺明楼分析,为什么这个孙梦家这么大的牛×?就因为孙梦家是当今在位的大总统的私人代表,徐世昌名声再大,也是前任总统,下野的政客了。脱毛的凤凰,老虎落入平川,发黄的珍珠,半老的徐娘,完了,风光的时候过去了。攀着徐大人往上奔,图的就是能沾上当今在位的人物,如今你是给徐大人贺寿来了,我也是给徐大人贺寿来的,你贺明楼还是为徐大人操办寿典的总理文书,倘能彼此一见如故,引为知己,那才是烧香烧对了佛爷,飞黄腾达的好运气,眼看着不就到了吗?

听史晓园这么一说,贺明楼心里的火气消了一大半,明摆着人家腰板硬嘛,这若是在有皇上的年代,人家孙梦家便是朝廷的使臣,稍有慢待,那就要发落问罪的。幸好自己聪明,早在孙梦家抵津之前,自己就给他物色了一个陪伴的绝妙女子,接了一份厚礼,什么事不是全好办了吗?

"那,你冒冒失失地来找他,要办什么事呢?"贺明楼不解地问史晓园。

"我可不是为私事。"史晓园回答着,"为给徐世昌贺寿,天南地北来了不少的达官贵人,但他们都是徐大人的私人朋友,天津市府当局一概不出面接待,唯有这位孙梦家,他是中央政府代表,是咱们天津市府的上司,所以市府当局要宴请各界名流为孙大人莅津接驾洗尘。市府当局想来想去,以为这件事只有我出面操持合适,这么着,这设宴欢迎的事,就落在了我的头上,我求见孙梦家,就是商谈这桩事来的。"

"不就是晚上的宴席吗?他早知道了。"贺明楼随便地说着。

"有许多琐细事,还要听听孙大人的示下。孙大人想见什么人?不想见什么人?市府宴请到的社会贤达之中有没有哪位不宜交往,内外交患之时,他们大人物是有忌讳的。"

"刚才来的时候,在车上他开口先问的是日租界那边的情形。看来,只要不是日本方面的人,谁都可以见。"贺明楼想了想回答。

"日本方面的人,那是绝对不会有的呀。'九一八'之后,中日两国军事、政治上的摩擦日益深重,堂堂南京国民政府的代表,自然不肯和日本方面有交往的。连徐世昌一位下台的政客,他都怕日本方面来人贺寿,匆匆忙忙地逼得日本人关闭了租界地,这不才放心了吗?"

"正是,正是,正是这个道理。"贺明楼连连点头,对史晓园的分析极表同意。

……

经贺明楼引荐、安排,史晓园以天津各界贤达及地方当局代表的身份,拜见了中央政府的特派全权代表孙梦家,双方谈得极为融洽。

对于史晓园就洗尘大宴的种种安排,孙梦家颇为满意,史晓园呈送上来参加宴会的各界人士的名单,孙梦家也没提任何意见。"兄弟此行,只是拒见两方面的人物:一是日本人,无论什么军政工商,是日本人就不见;第二是与满洲国方面有纠葛的人士,也一律不见。除此之外,四海之内皆兄弟也。"

"遵命,遵命。"史晓园连连点头称是,"晓园于此早有明了,经孙大人指点,自会更加当心。晚上的宴会,请孙大人放心,绝对没有日本人,连利顺德宴会厅的万国旗,晓园都吩咐人将那面太阳旗取下去了,免得大家心怀国耻,不能尽兴畅饮;至于满洲方面的背景,孙大人放心,天津政界、军界、以及士农工商、宿儒名士，绝无一人与满洲方面有任何瓜葛。满洲立国，已属非法，我等心系民国，自然不会附迎。"

"很好，很好，兄弟发现，天津人很会做事，你们二位果然是非凡的才干呀！"孙梦家对史晓园、贺明楼颇是一番夸奖。

"另外，还有一件小事。"最后，史晓园把正事谈完之后，将话锋转到了私事上，语调也变得亲切了许多。"各界人士晋见中央政府代表，自然难免要各有表示，我担心宴会上人多眼杂，彼此多有不便，所以我就自作主张，于事先将各界人士的私人馈赠一一尽数收悉，并造了明细送上请孙大人过目。至于东西嘛，待孙大人启程南返时，自有人送上火车的。"说着，史晓园将一大册红折子放到了孙梦家面前。

"哎呀，哎呀！"也不知这算是一种什么表示，拒收？感激？都不是，就这么叫两声，一切便都心照不宣了。

一切公事、私事全办完，史晓园起身告辞，向孙梦家施礼之后，史晓园又将一个大信封放在了书桌上："孙大人此次北上，故交旧友之间难免会有些什么花销，晓园个人的一点心意，这里面是五千元现钞。"

"哎呀，哎呀！"孙梦家又叫唤了两声，然后便送史晓园向门外走。只是史晓园的步子走得极慢，孙梦家当然知道史晓园在等什么，临到门口孙梦家恍然大悟地拉着史晓园的胳膊，用力地摇动了两下，这才说道："兄弟此次北上，受行政院托嘱，要在天津延请一位参事，倘蒙老兄屈尊，我看这个差事就，就，啊，啊，兄弟一回南京，聘书立即寄来，一言为定，啊，你叫什么名字来着？"

"史晓园，史，青史垂名的史……"史晓园唯恐将来的聘书写错姓名，还想一字一字地对孙梦家描绘。孙梦家急于清点钞票和了解各界人士都送了什么礼品，便急匆匆地将史晓园和贺明楼送出门外。在门外，孙梦家又说了一遍："你们两个人都很会做事。"随后，便反身走回屋里，顺手又把房门关上了。

"晓园兄春风得意，徐大人那里领了个水竹诗社社友的殊荣，南京政府又得了个参事的官职，这天津市副市长的宝座，是稳操胜券了。"看着史晓园的成功，贺明楼心中油然浮起一丝妒意，走到利顺德饭店门外，酸溜溜地，他对史晓园说着。

"这不全是托明楼兄的洪福吗？"史晓园也有几分忘乎所以地说着，"去府上拜访，邂逅杨敬轩，由此才想起高攀肖竹村，攀上了肖竹村，又迎来了实权派的当朝大臣，说是好风凭借力，其实还不全是花银子铺路吗？"

"前程似锦，晓园兄前程似锦。"贺明楼作着揖当面赞叹。

"哎呀呀，明楼兄更是前程不可限量了。"史晓园忙回敬地说，"只半个月的时间，明楼兄已坐上了徐公馆总理文书的头把交椅，这又专事陪伴民国重臣，不消几日，明楼兄就要大大地出人头地了，哈哈，哈哈。"史晓园说着，放声地笑着。

"哎，多不过捞几个闲差罢了，落的只是个虚名，晓园兄才是实权人物呀！"说着，贺明楼流露出一种不甘示弱的傲慢。出水再看两脚泥，最后到底谁爬得高？到底谁得的实惠多？那可就要看运气，看造化了。

和孙梦家分手之后，贺明楼又赶回徐公馆处理了一些公务，什么一位北洋旧部下因前线吃紧不能专程贺寿叩拜、托人带来礼品问安呀，或是哪个国家的使臣对于会见时间的安排不甚满意呀，还有的又是托人又是送礼一定要挤进来贺寿呀，等等等等。"你们要把老寿星累死呀！"贺明楼嘟嘟囔囔地说着。好在他们办事房里没有其他人，否则这个不吉的"死"字，他是绝不会放肆地说出口的。"既然大家都拥戴徐大人，既然大家都恭祝徐大人寿比南山，那就更要处处为徐大人着想，八十岁的老人了，能有多大精气神儿？干吗一个个的都要亲自挤进来贺寿？不就是一番诚意吗？禀报上去，也就是了嘛！"三下五除二，贺明楼将许多可以不见的人，自作主张地就挡驾了。

其中最最令贺明楼费脑筋的，是德王爷贺寿的时间安排。这位德王爷，前清皇室的遗老，每年逢徐世昌的生日，他都要亲自到徐公馆来贺寿的。只是这位德王爷多年的生活习惯，日夜颠倒，中午两点起床，起床后吸鸦片烟，喝燕窝粥，最早要到下午四点才来精神儿。忽然心血来潮："走，给徐翰林祝寿去！"有一年他来到徐公馆，已是夜半十一点，愣是把多年有早睡习惯的徐世昌从被窝里拉出来，迎接德王爷的贺拜。

贺明楼办事，自然要比肖竹村精明。早早地，他就买通了德王府的管事，九月十三，早早地往外驾德王爷，到徐公馆的时间，最迟不能迟于下午五点。太迟了，徐大人怪罪下来，算是贺明楼安排不周。好不容易攀到如今，摇身一变成了徐大人的私淑弟子，贺寿时才第一次见面，别见了面便挨骂。

精明强干，经过贺明楼一番筹措，一切一切都安排得万无一失了。

7

公元一九三五年九月十三日,徐世昌八十大寿。

黎明四时,徐公馆四面围墙的大铁门豁然洞开,洒扫庭院、梳剪花草,未及天亮,一切便已整理停当,那真是明丽、清洁、花香、鸟语,果然一派吉祥气象。

早晨六时,办事房各处职守已分赴四面正门迎候。未见车水马龙,早早地便潮涌一般地送来了花篮,"寿比南山""福如东海",红缎飘带上写的全是吉祥话,落款如:天津市行辕公署、天津市党部,依次而下,这个署那个局,这个处那个厅、商会、公会、各大洋行、报纸、剧社、各界名流,大花篮一个比一个秀丽,且又一个比一个芬芳,而其中英国工部局、法国公使馆、比国电灯房、意国电车公司⋯⋯更是送来了从荷兰国新运到的郁金香,从法兰西新运来的玫瑰花,那才真是争奇斗艳,百花争妍。

这一天,贺明楼显得格外精神,虽然前一天夜里忙了整整一个通宵,但他面色不带一点倦意。见识见识这么大的世面,操办一场这么大的寿典,天生我材必有用,贺明楼这辈子没白活,不算光宗耀祖,也是风光一回。

"贺大人,你看看这个花篮摆哪里?"当初趾高气扬找到贺明楼交办差事的杨敬轩,如今成了贺明楼属下的差役,时时事事都要恭恭敬敬地讨贺大人的示下,唯恐出了差错担当不起。

贺明楼气度非凡,一切都胸有成竹,什么人送来的花篮摆在什么位置,有理有序,绝不会被任何人挑出任何不是。

上午八点,里面传来消息说,老寿星已经在寿堂就座,头一堂,族人贺寿叩拜。徐姓人家来了多少人?什么时候来的?又都住在什么地方?全与贺明楼无关。他们进徐公馆,也不必到贺明楼这里呈帖子;进寿堂,更不必贺明楼安排接待。在二门之内大厅外侍候,贺明楼看见很有几位老的少的垂头丧气地往寿堂走。这些人虽说全是徐大人的至亲骨肉,但徐大人效法曾国藩,对至亲骨肉总是训斥不已。平日这些人就躲着徐世昌,一年不见面也绝无想念之意,丑媳妇总要见公婆,每年的寿日见上一面,"又是荒废了一年时光,你们一个个又有什么长进?"洪洞县里没好人,每人挨一顿臭骂。挨骂之后,贺寿叩拜,然后由徐大人的长子出面,一个一个地唤名字应声过去,徐世昌一一有赏赐,一件条幅。徐世昌爱写字,平日写的字幅一条一条都留下,每年散发一次,也算是不提倡物质奖励。

　　徐姓家族成员们的贺拜，自不必贺明楼操劳。八点刚过，贺明楼便站在大客厅门外，迎候第一批贺寿的宾客——水竹诗社的诸位诗友。徐世昌退隐之后，自称是水竹村人，自己在家赋闲吟诗，日月过得好不清静。天津卫的宿儒遗老，倾慕徐世昌的诗名，附庸风雅，几十人一合计便立了个水竹诗社。水竹诗社的成员和徐世昌以诗友相称，一位一位自都是非凡的人物。对于水竹诗社的各位名士，贺明楼是久闻大名的，只是唯有到了今天，他才有幸一睹各位的风采。第一位驾到的老人大约也有八十多岁年纪，由儿孙搀扶，迈一步要停一会儿，再提起一口丹田气，才迈得出第二步。帖子递过来，原北洋政府议事厅长，如雷贯耳，赶忙往大客厅里敬让。随后，前清时代的宛平县长、前清翰林、编修、教育次长、报馆主笔，全都是赫赫有名的人物。一溜急急风，精神抖擞地走来一位西装革履的新潮人物，水竹诗社的新社友，史晓园。

　　"明楼，这些日子辛苦你了。"史晓园见贺明楼眼观六路，耳听八方地各处照应，便走上来向着他施了一个大礼，明着是和老朋友打个招呼，暗中也是为了让他看看今日自己的非凡身份。没想到吧，史晓园已是和徐世昌诗友相称了，你混到如今，把小相好的搭进去了，连命都快搭进去了，不过才挤进去充了一个贤人，论辈分，咱两人还当以叔侄相论呢。

"晓园兄吉星高照呀！"贺明楼的意思是说只等徐昌世的寿日过后，史晓园就该飞黄腾达了，到那时混个副市长当当，就如吃馄饨撒胡椒粉那么便当。

"我比不得你呀！"史晓园也恭维着贺明楼说，但语气中流露出一种鄙视。

"嘻，瞎忙乎。"贺明楼挥挥手回答。停了会儿，贺明楼忽然想起了什么，便又凑到史晓园耳边悄声地说："史区长的贺寿诗必是精彩非凡的了！"

水竹诗社的诗友们给诗社主人徐世昌贺寿，不送任何寿礼，只是每人送一幅自己写的贺寿诗。贺明楼当然知道，史晓园的贺寿诗是要掏钱请人代笔的，所以故意提一句，刺他一下。

"嘻，咱们弟兄之间，谁还瞒得了谁吗？"史晓园也是俯在贺明楼耳边悄声地说，"一千元大洋，真是神来之笔呀！"

"值得，值得。"贺明楼连连赞叹着，"徐大人读过史区长的贺寿诗之后，一高兴，自是必有提携的，有徐大人的面子，天津市府当局这些人，谁不得高看晓园兄一眼呀！"

"托福，托福，那就更托明楼老兄的福了。"史晓园说着，又向贺明楼施过礼，便随迎宾的茶房，走到大客厅去了。

清查过水竹诗社诗友的帖子之后，贺明楼吩咐办事的杨敬轩说，头一堂贺寿的宾客到齐了，只等徐姓族人从客厅寿堂出来，立即迎这批宾客进寿堂贺寿。

第二堂宾客，是天津市政当局的要人，那是由肖竹村出面迎接的。出出进进，这中间有一个小时的时间贺明楼没什么大事，按照事先的安排，这时间贺明楼乘车去利顺德迎接孙梦家。

"竹村，我该去利顺德了。"贺明楼走到后楼客厅，找到肖竹村，两人就各项事宜作了交代之后，便告诉他自己要接孙梦家去了。

"这边的事我先照应吧。"肖竹村今天也格外精神，便回答着贺明楼说。

"路上，我还要回家一趟，顺道，多不了十分钟，竹村，我呈献给徐大人的寿礼，还在家里放着呢。"贺明楼说着，目光显得更是精明。

"怎么？你还准备了贺礼？"肖竹村问。

"第一次晋见徐大人，又是八十大寿的喜事，空着两只手怎么行呢？"贺明楼得意洋洋地回答，"这份贺礼呀，徐大人一定喜欢。"

"明楼。"肖竹村知心地提醒着贺明楼说，"你可是和门人弟子一起贺寿叩拜的，徐大人从不许弟子呈献贺礼的，我们往年也只是送自己的字画。我呢，每年给徐大人刻一部诗稿，今年我的贺礼是一部《水竹诗稿二集》，全部是徐大人的诗作。"

"放心，我也不是送大寿桃。"贺明楼眨眨眼睛说着，"我自己的一幅水墨写意，竹村学兄不知，平日里我最喜爱八大山人的山水禽鸟，偶尔涂鸦，几乎可以乱真，今天不正好呈徐大人指教吗？"

"哎哟，没想到明楼贤弟还有这两下子，真人不露相，真人不露相呀！"

坐在徐公馆的雪弗莱牌小汽车里，贺明楼心花怒放。一切一切都是天衣无缝，身为徐公馆的总理文书，全权操办徐世昌的八十大寿，又控制着中央政府全权代表的一切活动，且又如此得中央代表的厚爱，再过一会儿，自己又以徐世昌弟子的身份去晋见徐世昌，那位平日自己想一想都全身血液为之沸腾的大人物，再过一会儿就要站在自己的面前了……

"弟子贺明楼贺拜恩师八十大寿。"不过就是逢场作戏一起哄就罢了，八十岁的老人了，他记得谁是他的学生呀？至于八大山人的鹰石图，说是自己的临摹之作，不过是个送礼的借口罢了，展开画轴一看，真画假画，凭他徐世昌还辨认不出来？天下的事呀，就是这么一点道理，小老百姓给派出所警察送两瓶酒,不说是自己买的,要说是别人送的,自己又不会喝,搁在家里也没有用,权且是帮助我喝吧。就是那么点小把戏罢了。

小汽车驶出英租界,先到贺明楼家。贺明楼低头钻进屋里,险些没被老婆把眼睛抓下来。"老不是东西的,你还知道有个家?"贺明楼抓住画轴回头便跑,跑出门来钻进汽车,汽车一启动,任凭他妻子再骂,也是无济于事了。

车到利顺德饭店,孙梦家早穿戴整齐等着,这便是特殊的礼遇。别人去徐公馆贺寿,一律都是自备车马,唯有中央政府代表,徐公馆要派人派车迎驾,明明是给当今民国大总统一点特别的面子。

孙梦家在贺明楼的陪同下走出利顺德大饭店,王露小姐提着只大皮包在后面送行。走到汽车门前,孙梦家从王露手里接过皮包,顺势,他还抬手在王露的小脸蛋上拍了一下。贺明楼心中一股醋意升起,暗自狠狠地骂了一句:"妈的,平白无故地让你占了几天便宜。"但抬眼向王露望去,满腔怒火又被王露含情脉脉凝望自己的一双深情眼睛所扑灭。贺明楼用眼神向王露询问,托嘱你的事办了没有?王露以眼神回答,一切顺利。

坐在车子里,孙梦家又连连夸赞贺明楼的会做事:"听王露小姐说,贺先生至今不过是一名区公所所长,屈才,屈才。天津这码头，真是埋没人才呀。跟我去南京吧，到了南京，贺先生保证飞黄腾达。"

"南京乃中央政府所在地，栋梁之材济济一堂，贺明楼孤单一人，恐怕难以立足吧？"贺明楼试探地对孙梦家说着。

"贺先生怎么会是孤单一人呢？你是咱们的人呀。咱们，明白这'咱们'二字的含意吗？上有大总统，内线有总统夫人与名门望族，军界，全都是黄埔元老，北洋的人，一个也靠不上前；往外，英国、美国……咱们，咱们，咱们就是天下，天下便是咱们呀，哈哈哈。"孙梦家举手在半空中画了一个大圈儿，手掌落下来，拍了一下贺明楼的大腿，然后才哈哈地笑了起来。

"明楼追随孙先生治国救民，赴汤蹈火在所不辞。"贺明楼险些没给孙梦家磕头，若不是坐在汽车里，他非得行一番拜老头子的大礼不可。

"一言为定，一言为定，给徐大人行过贺礼之后，贺先生便同兄弟一起南下。"

"我？家里的事也要安排一下呀。"贺明楼没想到事情就这么定下来了，还在琢磨着如何安排日程。

"哎呀，先到南京把'缺'定下来，或是外交部，或是行政院，然后有的是时间回来安排，倘若迟到一天，说不定肥缺就被人抢走了。"孙梦家一片诚意，全是为贺明楼着想。

"也好，也好，待我给徐大人呈上贺礼之后，便随孙大人南下。"

"怎么？你们师生之间也要送寿礼吗？"孙梦家似是无心地问。

"都是些名人字画，又怕恩师不肯笑纳，便都说是自己的临摹之作。听说只这样送上去的国宝呀，就有王羲之写的鹅，唐伯虎画的山水，什么明初四家，清初九友的真迹呀，那就不在话下了。"

"哎呀呀，徐世昌这个老滑头，真鬼！"孙梦家谈笑风生地说着，然后便又话锋一转，向贺明楼问着："今年，贺先生送的寿礼是一件什么宝物呢？"

"八大山人的鹰石图。"贺明楼拍拍怀中抱着的一轴画幅回答着。

"哦！"孙梦家似是暗中赞叹一声，"厚礼，厚礼，足足地拿得出去了。"

"是啊，是啊，拿得出去了。"贺明楼随声附和地回答着。

上午十点半，不差一分一秒，迎接孙梦家的小汽车准时驶进徐公馆。孙梦家从汽车里出来，肖竹村正站在台阶下面恭候："中央政府特派代表孙大人驾到，竹村未能远迎，有罪有罪。"肖竹村文质彬彬地施礼说着。

"肖大人是徐大人的私淑弟子……"贺明楼随在后面，

他怕孙梦家不知道这位肖竹村是何许人也，忙跑上来对孙梦家作着介绍。

只是肖竹村和孙梦家都没把贺明楼的介绍看在眼里。孙梦家整理一下衣饰，噔噔噔地就上台阶，肖竹村陪在一旁，毕恭毕敬地向着孙梦家说："寿翁正在寿堂恭候孙先生呢。"

说着，一阵风刮过去，肖竹村陪着孙梦家径直地走进寿堂去了。倒把个累死累活的贺明楼扔在了院里。

不生闲气，这儿不是徐公馆吗？明明是人家的天下，自己是生疖子，硬挤，挤到这步也就算不容易。按照时间安排，老寿星会见过国民政府代表之后，便要接见学生弟子，再等一会儿，咱贺明楼就要见着徐世昌了。平时一个个都徐世昌徐世昌地唤着，真的徐世昌，你们见过吗？多高的个儿？是胖是瘦？什么长相？长脸圆脸？说话嘛口音？你们说得上来吗？待到中午十二点，贺明楼从寿堂贺寿出来，咱贺明楼就是一个见过徐世昌的人了。听说还要照合影留念，照片登在报纸上，随之便有人来找自己写文章，信手拈来：《恩师徐世昌大人二三事》，署名贺明楼。再问贺明楼哪儿去了？南京，中央政府外交部外务次官，抖起来了。

"德王爷驾到！"忽然一声通报，腾地一下子把贺明楼从甜滋滋的梦想中唤醒过来，一溜旋风跑出来迎驾。肖大人交代过，一切贺寿的人都按顺序引进，唯有德王爷，无论他几时来，便几时往里面请。

贺明楼跑出来才要施礼，突然被德王爷的两个随从挡住："边儿上稍着。"怕贺明楼挡驾。

"老寿星呢？哎呀呀，这才一晃，咱都是八十岁的人了！"德王爷自称八十岁，但身子骨硬朗。也不知怎么回事，他今天大概是发癔症，平日这时候他还睡着呢，莫非真是贺明楼买通了他身边的仆人，早早地就把老爷子送来了。

"王爷万福。"说来也怪，肖竹村也不知是怎么听见了喊叫，急匆匆地从寿堂跑出来，跑下台阶，冲着德王爷施了个大礼。

"哟，竹村，这堂事是你操持的吧？好，好！"德王爷冲着肖竹村竖起大拇指，"待会儿见了村人(徐世昌，号村人)，我要把你借出来，明年是我的八十五岁寿日呀！"

"晚生愿效犬马之劳。"肖竹村乖得像个孩子，一声声地答应着。

"我听说梦家来了？"德王爷噔噔地上着台阶，大声地问着肖竹村，"他爸爸考进士的卷子，还是我给判的呢，才一眨眼的工夫，他就不尿炕了。你说说，这天下的事是多么的有趣呀！"

"梦家正在徐大人身旁候您呢。"肖竹村恭恭敬敬地禀报着。

"到了天津不去见我，就算我侄儿做了满洲国皇帝，那南京方面不也是，啊啊，这些话在院里不能说？你们这院子可不如我们宫里的院子严实，是不？"

德王爷的嗓音洪亮如钟，一句句一声声，几乎能在这宽大的院落里唤起回声。也是身为王爷，从来不去想身边还有其他的人存在。反正不该你听的，你听见了也是自寻烦恼，传出去则又是杀身之祸。德王爷的权势有多大，他家庭院的围墙也就有多大。

"端铭呀，过来过来，你怎么总往后稍呢？"说着，德王爷挥手将跟随在他身后的一个年轻人唤了过去，"见过你竹村叔。"

"哎哟，不敢不敢。"肖竹村受宠若惊地跑过来，忙将向他施礼的端铭搀扶住。"这不是醇王府的十九贝勒吗？"肖竹村端详着端铭说，目光中闪烁出一种喜爱。

"都说我们的后辈全成了些架鹰牵狗的吃口，你瞧，这孩子出息得多体面呀，难怪皇上喜爱，总随在身边呢。"德王爷目光打量着端铭，极是得意地说着，"这次给老翰林祝寿，皇上呀，可犯了心思了，派谁来呢，选来选去，就是看端铭合适。"

贺明楼听着，心中暗自一震，这端铭原来是满洲国的人呀！立即，他向前走过去一步，想提醒肖竹村别忘了孙梦家有过叮嘱，日本人和满洲国的人一律不见。但不料，早有一位德王爷的随从狠狠地将贺明楼推了开来："不是告诉过你，远点稍着去吗！"

贺明楼身子一晃，待他再站稳了脚步，肖竹村早引着德王爷和端铭走进寿堂去了。

寿堂里是个什么情景，贺明楼不得而知，但是徐世昌祝寿的这台戏唱到这里，贺明楼已经看出些眉目来了。孙梦家到津，肖竹村先是回避，但是暗中又做了这一番巧妙安排；德王爷突然驾到，还带来了一个满洲国方面的端铭，一齐走进寿堂，倘若孙梦家不拍案而起，拂袖而去，那就是他们沆瀣一气，连徐世昌一起，全是捏窝窝干见不得天日的勾当。如此看来就连肖竹村鼓捣自己派人捣蛋，逼着日本人关闭租界地，说不定也全是鬼把戏呢，那日租界是那么说关就关的吗？

8

"贺先生，贺先生。"

大客厅里，将近一个小时的时间过去，徐世昌的高足弟子们早一个个等得不耐烦，客厅外面传来了管事杨敬轩的声音。贺明楼以为是又有什么闲杂事宜要自己去处置，便快快地从客厅走了出来。

"贺先生，孙大人在院子里候您呢。"杨敬轩向贺明楼说着。

"请孙大人自己先回利顺德吧，我给徐大人贺寿行礼之后，再去找他。"贺明楼以为孙梦家是在回利顺德之前要找自己辞别，还一本正经地吩咐着。

"不是那个意思，孙大人是说请您无论如何到院里去见见他。"杨敬轩催促着说。

"该轮到我进去贺寿了。"贺明楼自然不肯离开大客厅，他的双手紧紧地将八大山人的画卷抱在怀里，身子还往寿堂门口挤。

"哎呀，你这人可真唠叨。徐公馆里的规矩，吩咐下来的差事，就要赶紧去做。我说贺爷，你就利索着点吧。"说着，杨敬轩伸过手来狠狠地抓住贺明楼的胳膊，使劲一拉，便把贺明楼从大客厅里揪出来了。

"你、你，放肆！"贺明楼摆出一副大总管的神态，冲着杨敬轩吼叫。

"让你干嘛你就干嘛去吧，这儿哪是你待的地方呀，愣充什么七十二贤人大弟子，差一分钟不到时辰，也不拿筷子往外开你。"

一层冷汗，湿透了贺明楼的全身衣裤，他意识到情况发生了突然的变化。一步步地从台阶走下来，他努力地寻思是不是自己出了什么差错，百思不得其解，他只是预感到，这一场热闹，自己被肖竹村给"玩"了，如今人家不想"玩"你，就要往外开你了。

幸好，在院里的孙梦家，迎接贺明楼依然是春风满面。孙梦家一只手拉开了一辆小汽车的车门，另一只手连连地向贺明楼招呼："明楼兄快来，快来，人家那边都等急了。"

贺明楼疑疑惑惑地走过去，孙梦家一把将他抓住，顺势就将他塞进了小汽车。

"孙大人，嘛事这么急呀？"贺明楼坐在小汽车里，冲着站在车外的孙梦家问。

"十万火急，十万火急。刚接到消息，日租界特别开放租界半小时，过时不候呀。"孙梦家将小汽车的车门关上，然后俯身对贺明楼说："如今，你就是我的私人全权代表，拿着我的片子，该去哪儿，汽车自然会把你送到地方，见到信封上写的那个人，你嘛话也别说，只把这封信和你怀里的那轴画送上去。我来的时候没带官礼，借花献佛吧，日后我亏待不了你。"

"这，这是八大山人的真迹呀！"贺明楼拍着怀里的画轴说。

"不是八大山人的真迹，如何能做官礼呢？当然，那位大人物还有礼物送给我的，你代我好生收下就是，然后车子把你送到火车站，我在火车里等你，咱俩人一块去南京，那儿有好差事等着你呢。"

尽力挣扎，贺明楼还想从小汽车里钻出来，但不知什么时候，汽车里已经坐在他身边的一个壮汉，用力地按住了贺明楼。抬起头来，贺明楼突然看见十步之遥，台阶上面的肖竹村正在照应徐世昌的弟子们往寿堂里走，救命稻草，他拼命地冲着肖竹村唤叫。

"肖大人，肖大人，孙大人把我塞到汽车里了，我还没见过徐大人的面呢，八大山人，我这可是八大山人的真迹呀！"一番语无伦次的喊叫，惊得贺寿的人都远远地向汽车这边张望。只是肖竹村无动于衷,他就和聋子一样,什么声音也没听见。

"肖竹村!"终于,贺明楼火了,他双手抓着车窗刚要大骂肖竹村,"突"的一声,小汽车从徐家公馆大院开了出来。

无可奈何,贺明楼只得乖乖地在座位上坐好,狠狠地吐一口唾沫,依然未消心头之恨。

"老老实实地,吩咐你做什么,你就去做什么。倘有差错,吃不了你可兜着走。"坐在身边的壮汉,肯定身上带着家伙,否则,说话的口气不会如此咄咄逼人。

贺明楼没有再说什么,听天由命,这一切原都是自作自受,不是总惦着平步青云,飞黄腾达吗?你瞧,如今可真是快成正果了。

胡思乱想着,贺明楼托起刚才孙梦家交给自己的那个大信封,他想看看那是一封给谁的信。去拜见什么人物如此十万火急?而且他自己还不便出面,一定要派出个私人代表,还得送上八大山人的鹰石图?

"啊!"贺明楼眼前一阵发黑,身子立时瘫软在了座位上,托在双手上的大信封,核桃大的毛笔字工工整整地写着几个大字:土肥原君大鉴。

……

"梆梆梆"夜半二点梁九成家的院门被人敲了三下。梁九成闻声出来开门,哧溜一下,活赛是从街上溜进来一只老鼠,一个蓬头垢面、憔悴不堪的人钻了进来,当的一下,那个钻进院来的陌生人抢着把门关上,"九成,救命呀!"那人险些儿跪在了梁九成的面前。

梁九成身为天津卫锅伙的团头儿,这种场面早已司空见惯,以一种非凡的职业本能,无论你脸上涂上什么颜色,他都能透过这层晦气,看出来人的本来容貌。

"哟,这不是贺所长吗?"梁九成说着。

"嘘——"果然是贺明楼,他忙着抬手捂住梁九成的嘴巴,抓住梁九成就往屋里走。

人有旦夕祸福,梁九成先照应贺明楼洗脸更衣,又看他狼吞虎咽地吃了两个大馒头,这才听贺明楼一五一十地说了起来:

"险些儿,没丢了这条小命呀。这里边的事就不能跟你说了,说出去,灭门九族。我让人当枪使了,这么打个比方吧,人家两人有事不能明着办,就抓了我个黑签儿,让我把这边的意思送进去,又让我把里边的意思带出来,办成了,拉着我去南京。你想想,到了南京能有我的香饽饽吃吗?往好处说,终身软禁;往坏处想,杀人灭口。车到沧州,看着车站上的乱乎劲,我坐在车里一动不动,装傻装到底,嘻嘻哈哈跟他称兄道弟;到了南京,你若是不好好报答我,我就把你们这些事全抖出来。什么？钱？钱我不在乎；娘儿们？我有。咕咚一下车动了，'嘟'，车站上绿旗给了，哨子吹响了，火车拉大笛子，车轱辘转了，火车晃了，嗖地一下，我从座位上跳起来，鹞子翻身，我就从车窗跳下来了，一屁股砸在了一个卖包子的摊上，这一屁股油呀！"

"哎呀呀，这一阵没见，我还以为贺所长高升了呢。"梁九成阴阳怪气地说。

"升着升着，这不摔下来了吗！"贺明楼气急败坏地回答着。过了一会儿，贺明楼冲着梁九成施了个大礼，又说，"事到如今，只能求梁九爷了，我只要一露面，准得让人抓走，好歹把我藏在一处锅伙里，避过这场灾祸吧。"

"哎哟，明楼，你也要进锅伙呀！"突然一阵话声传来，大步流星，从里屋走出一个人来。贺明楼抬头望去，老相识，史晓园。

"哟，史区长！"贺明楼吃惊地唤着。

"别区长啦，我的明楼老弟，我这刚央求得九爷收我下锅伙。"史晓园摇着头说。

"你也想做乞丐呀，你不是快当副市长了吗？"贺明楼莫名其妙地问着。

"嗐，快别提了，我惹下大祸了。"史晓园垂头丧气地说。

"你能惹什么祸呀？"贺明楼急着追问。

"我把徐世昌骂了。"

"啊？你胆大包天呀！"贺明楼大惊失色。

"我若是知道这是骂徐世昌，我是王八蛋！"史晓园跺着脚地说着，"说是让我混进了水竹诗社，一个人要送一幅贺寿诗。我哪里会写诗呀？我会写唱词，《小寡妇上坟》。"

"请人代笔呀！"贺明楼在一旁着急地说。

"我不是舍不得掏那一千块钱吗？"史晓园一拍巴掌，后悔地说，"想来想去，有个丁翰林胆小，我就吓唬他说这次可是徐大人祝寿，不好好写一首祝寿诗，当心你的全家。谁想到他一辈子胆小如鼠，这回他胆大了。"

"丁翰林的贺寿诗是怎么写的？"贺明楼着急地询问。

"原来没记住，这次一惹祸，我倒记住了。那八句诗写的是：

南山八秩一寿翁，

曾闻天下唱大同；

四亿同胞民主梦；

全赖一人付长风。

水竹村人太平农，

文章老来益求工；

更喜群孙膝上绕；

扶桑荷锄望东瀛。"

"这不是挺好的吗？"贺明楼眨着眼睛问。

"谁说不是呢？"史晓园又拍了一下巴掌说，"可后来一传出来，人家明白人说了，这头四句是骂徐世昌和袁世凯狼狈为奸出卖维新运动，袁世凯找庆亲王告密说光绪要杀老太后，那个鬼主意就是徐世昌给出的。那第二段就骂得更狠了，说徐世昌如今老了，可他膝下有一群孙子，天天惦着投靠日本人。"

"有这么回事，骂得对！"贺明楼一拍桌子大声说。

"你也找死呀！"史晓园捂着贺明楼的嘴巴说，"现如今，锄奸组的刑警天天揣着铐子四处找我；市府当局、市党部说这是一桩大案，紫竹区的区长骂前任民国大总统，以奸党论处。你瞧，这是多大的祸呀！怪就怪那个姓丁的记者，那么多寿联挂在寿堂，谁看呀？偏偏他把这幅寿诗抄出来了，落款上还有我的大号，天津市政府紫竹区区长，史晓园。"

"哈哈哈哈！"听过史晓园的叙述，贺明楼放声地笑了，"一枕黄粱梦呀。不全盼着往上爬，爬个高官厚禄吗？这回行了，无地藏身，只能入锅伙做乞丐了。也不冤，到底你还进了寿堂见着徐世昌了呢，我到现在没见过徐世昌是嘛长相，你说是冤也不冤？哈哈哈哈。"说着，贺明楼又放声笑了。

只是，进锅伙也没那么容易，梁九成怕他俩给自己惹祸，最后谈好条件，他们隐名埋姓，史晓园改名叫袁屎蛋，贺明楼改名叫娄二狗子,两个人只在锅伙里寄住,不上街,不乞讨,不与任何人接触,绝不走露半点风声。自然还有个附加条件,贺明楼将自己的小相好王露奉送给梁九成做了小妾。

"先委屈两年吧。"临到史晓园、贺明楼进锅伙的那天,梁九成安慰他们说,"其实钻进他们那个圈儿里,也是下锅伙,回到我这里来,还是下锅伙,他那大锅伙比我这小锅伙还下什烂。好在眼看着日本人要来了,到那时改朝换代,出来维持地面,做官带兵的,不还得你们二位吗?"

"托九爷的福,那就往长处看吧。"

贺明楼、史晓园对梁九成的重托,自是铭感万分。

……

找饭辙

1

　　找饭辙和赶饭局不一样,赶饭局是有位爷出钱请饭,够身份的爷们儿,能搭上界的,就只管来,吃完就走,也没什么要你办的事,来了就是给了面子,明日报上登个消息,说是出席宴会的还有某人某人,主家脸上有光。您老不是名人吗?不三不四的也挤不进来呀。而找饭辙就不一样,找饭辙指的是在你出门的那一刻,你还不知道这顿饭要去哪里吃。倒也知道什么什么地方有饭局,就是人家不请咱,不请自去的人也有,去了就吃,吃完一抹嘴唇就走,不行,人家认识咱,被人家当场踢出来已经不是一次两次了,连饭馆大门口的人都认识咱了,你才要撩起长衫下摆往门里走,那看大门的早就过来了:"二爷留步吧您哪,我好像听说今天的这场饭局,没给您老留筷子,还是另打主意去吧。"你说说,这稍稍要点脸皮的,可该是怎么活?

　　这就要看本事,比能耐了。明明是天亮时,一点饭辙也没有,家里的女人一筹莫展地对你说,今天的三顿饭一点指望没有,怎么办,是扛刀还是借债?说是借债,找谁去借?借来了,又该如何还?哪笔进项过日子,哪笔进项补窟窿?当家人你是如何一个打算?没辙,就是没辙,一点打算也没有,有打算也没用,先看外面下雨不下雨,下雨有下雨的办法,不下雨有不下雨的办法。

下雨天有什么办法?余九成下雨天谋生的手段有四块方砖,我的天爷爷,四块方砖怎么就能换来棒子面?你还不能拿这四块方砖去砸人,把什么人的脑瓜壳给开了,那换不来棒子面,那要吃官司。余九成一逢上下雨天,挟上他那四块方砖就走,待到雨过天晴,余九成回到家来,棒子面的窝窝头熬小鱼,还能有二两老白干,小日子过得不错。学着点吧,爷们儿,这叫能耐。

余九成逢上下雨天,何以就能凭四块方砖换来一天的吃喝?没有任何秘密。白牌电车围城转,转到南门外,南门外一站地势低,地面上的积水半尺深,乘电车的人走下车来,双脚立即就踩在了水里,赤脚的当然不怕,可是有的爷们儿穿的是礼服呢的一双新鞋,莫说是踩在水里,就是湿了鞋帮儿都不行。怎么办?余九成把他背下来?人家也不让你背呀,瞧你那件破布衫。有了,这就有了余九成的饭辙了,余九成不是有四块方砖吗?他把这四块方砖放在地面上,嘿!真是好主意,下车的人踩着方砖就走到马路边上来了,在一旁,余九成再伸手扶一把，哎呀呀，你说说这下车的人该有多称心吧，称心，当然就要有所赏赐，多少？一分钱，打发叫花子一般，实在是没有比一分钱更小的钢镚儿了，就这一分钱，也算是劳动所得，受之无愧，一场雨停下，余九成将一只手伸到衣袋里一摸，稀里哗拉，一大把钢镚镚，你说他能赚不来吃喝吗？听明白了，这就叫找饭辙。

只是就这一分钱，赚得也不容易，你要眼里有神，你还要知道深浅，傻里巴几见了人就搀扶，弄不好，说不定会挨嘴巴。余九成不是没吃过亏，眼见着从电车上走下来一位爷，正赶上下着雨，一只脚从电车上迈下来，正好踩在方砖上，手疾眼快，余九成才要上去搀扶，"呸！"一口唾沫飞过来，正吐在余九成的脸上。往远处说，余九成没有脸，那只是一层皮，叭地一声，就落在了那张皮上，余九成满脸赔笑："爷，当心脚下是水。"那位爷眼皮儿也不撩，腆着胸脯就走了。冲着这位爷的后影，余九成还得连连鞠躬，"爷，您老走好。"怎么就这样不讲理？讲理还叫天津卫吗？知道天津卫是嘛地方吗？九河下梢，听说过没有？有河就有霸，一条大河，没有一个河霸镇服，那就要混江龙翻浪做乱。何况这天津卫共有九条大河，顺理成章，自然就要有九位河霸称雄。没错，所以，这位余九成就只能在九位河霸的眼皮子底下找饭辙，不容易，当然不容易。

一年三百六十五天，到底是阴天下雨的日子少，晴天怎么办呢？晴天就更有饭辙了，当然，余九成一不拉车，二不扛河坝，三不做生意，找饭辙么，就是俩肩膀上扛着一颗人头，睁开眼就要吃饭，没有本钱，没有能耐，不打不骂，不偷不摸，就是愣向天津卫要饭辙，你说说，这不是有点玄吗？

天气晴朗，余九成有一套找饭辙的办法，他有一股"签子"，当然这东西已是绝迹许多年了，如今年龄在五十岁以上的人，大都见过，就是一种民间的小赌具，一只大竹筒，竹筒里有八十四根细竹签，和女同志打细毛线的竹签一般粗细，竹签的底端刻着有牌点，就是一副牌九的牌点，想抽签的人伸手从竹筒里抽出三根竹签，够十八点算赢。赢了怎么办？当然有便宜。是卖火烧的，白吃两只火烧，是卖卤鸡的，白吃他一只大肥卤鸡。抽不够十八点呢？那就算是开个玩笑，白扔五分钱，一只火烧钱，谁还把这当一回事？

"肥卤鸡！刚出锅的肥卤鸡呀！"站在南市三不管大街上放声吆喝的，正就是余九成，他何以做起生意来了？卖肥卤鸡，哪里来的本钱？没有，他没卖肥卤鸡，他只是拿着一筒签子，在卖肥卤鸡的王掌柜身边立着，有人来买肥卤鸡，王掌柜只管做他的生意，有过路人过来看一眼，又嘴馋，又舍不得花钱，"碰手气吧，五分钱抽一把呀，抽赢了一只肥卤鸡呀！"吆喝着，余九成就撺掇你抽一签。有人就经不住这种诱惑，掏出五分钱来，在手心上吹口仙气，叫唤一声，算是助威，然后伸出两根手指，闪电一般地向竹签筒抓过去，嗖地一下，立即便将三根细竹签抽了出来，抽出来先不亮出点来细看，还要在半空中晃一下，似是祈求好运气，更有的还要大喊一声，明明是馋卤鸡馋得难耐，一切表演结束，最后才将三根竹签举到眼前审视，呸，活该倒霉，三根竹签儿，合一起，总共才九点，邪门儿，好签儿就是不上手。一签不成，再抽一签，不就是五分钱吗？想吃卤鸡就要肯下本钱，又是一签儿，这次点儿见长，三根竹签儿，总共十一点，离着十八点还差着七点，继续努力，五角钱送上去，就不信常赶集就真遇不上亲家，嗖嗖嗖嗖，一口气抽了十签儿，呸！骂一声姥姥，算是今天晦气，白扔了五角钱。

为什么谁也抽不上十八点？有分教，三根竹签十八点，那就必须是三个六点，签筒里一共有四根六点，不可能永远抽不上来。死了那份心吧，这辈子你是休想抽上十八点了！为什么？这没有任何秘密，余九成将签筒里两根六点的竹签儿，用马尾系在签筒底儿上了，因为抽签的人总是一把抓许多根儿，然后手腕一使劲，便飞快地从签筒里抽出三根竹签儿来，这时即使你摸到了六点的竹签儿，往上提，你也是抽不上来，当然最后是白扔钱。待着吧，您哪，天下人难道就全这样傻？抽一签没发现，抽十签还没发现？真遇上青皮混混，倒签筒,查签子,瞧不把你余九成削下二成去才怪。放心吧,爷,余九成也不是光吃干饭的,立在卖卤鸡王掌柜的身旁,他一双眼睛没闲着,东张西望,两颗黑豆眼儿滴溜溜地转,转什么?找倒霉蛋儿,眼瞧着就是又想吃鸡又舍不得花钱的大傻帽过来了,吆喝一声,"肥卤鸡也!"就是直冲着他来的,然后将竹筒一抖,里面的竹签沙沙地响,真勾引人,立时这位爷心里就犯痒了,"过来,今儿个碰碰手气儿!"就这么简单,他就自己往井里跳了。若不,怎么就叫倒霉蛋呢?

在王掌柜的摊子旁边站半天,余九成多了也赚不到手,但是至少也能把一天的吃喝挣出来,余九成指着自己的嘴巴对王掌柜说:"你瞧见这个没有底儿的洞了吗?不大,就是深点,每天三回,得往里面塞东西,什么精米白面的咱是不敢想呀,就算棒子面窝头,高粱面饼子,不也得把它塞满了吗?何况,家里还有一张嘴,要知道一张嘴是个窟窿,两张嘴就是一个洞,再加上一张嘴呢?那就是一个坑了。天津卫这么多有能耐的汉子,也不见有能养活三张嘴的,当然您是有买卖有字号的掌柜,不光是养家,那是要发财致富的。王掌柜,过不了三年五载,您老准是天津大阔佬。到那时候,我给您老看家护院。"

"别给我灌迷魂汤了,干你的正差去吧。"王掌柜一挥手,算是把余九成打发走了。打发去了哪里?给王掌柜往大饭店送货。你余九成不能白在王掌柜这里借光找饭辙,你得给王掌柜干点活,太劳累你了,你也不吃亏,只等到你觉着今天的饭有了,王掌柜有一提盒肥卤鸡,你往大饭店跑一趟,送到就完,不用你收钱,不用你记账,那些事到了月末,人家王掌柜自己去做,只是白用一趟你的腿,干不干?余九成说,干,干,这是我该尽的一份孝心。

余九成提着一盒卤鸡,当然,王掌柜还给他扎上一条白围裙,一路小跑步,他就出了南市三不管大街。先奔大宅门,再去大饭店,最后才去租界地。去这些地方干吗?送卤鸡。大宅门的老爷太太要吃王掌柜的肥卤鸡,不必自己去买,王掌柜按时派人送到府上;大饭店里的常年住客,今天这位爷要一只,明天那位爷要一只,好办,每天下午准时送到。租界地,英租界、法租界的新派人物不吃卤鸡,人家吃鸡排,那是洋味的,王掌柜的肥卤鸡只有日本人爱吃。日本人在日本国,不吃整只的鸡,他们要把一只鸡切成一百块,每人只能吃上一小块,为什么不多吃?日本国没有这么多的鸡。中国的鸡多,就是不算太多,也要先让外国人吃个够,所以,日本人在中国最大的享受,便是吃鸡,吃一只整个的鸡。君不见直到后来日本帝国主义侵略中国,那一个个日本太君,不是人人全都抱着一只大鸡在拼命地啃吗?

余九成为王掌柜送卤鸡,一路上决不逗留。他是马不停蹄地一溜小跑，早早地送完卤鸡，他还有自己的差事。什么差事？找饭辙呀！余九成还能有什么别的正差？光一下午抽签儿，挣不上吃喝，不是都想有个幸福生活吗？能多挣一个，就尽量地多挣一个，看着别人把自己能挣到手的钱挣走了，谁心里也不是个滋味。余九成还有什么差事？嗬！这差事可体面了。

晚上七点，南市三不管大街的大小戏院同时开戏，丝竹管弦，娱乐升平，那才是一派太平盛世景象。戏园里开戏和余九成有什么关系？莫非他也要去听戏不成？没那份造化，余九成不听戏，他要去戏院当差。大戏院里是没有他的事呀，莫说是去当差，就是在门口站会儿，都有人往远处轰你："这是你站的地方吗？"没错儿，这儿是人站的地方，你余九成也撒泡尿照照，你也算是人？不等人家轰咱，咱自己另找地方去吧。去哪里？能容余九成的地方多着呢，茶园不茶园，落子馆不落子馆，反正就是那些说不上名分来的地方，那地方也唱玩意儿，唱穷玩意儿，天津卫的穷人们，就到这里来听玩意儿。这地方不是戏院，大多只是一个园子，一个土台，土台下面是几十排长木板凳，没有号，先来的坐前面，后来的接着往后坐，两条长木板凳之间，挤不过去一个人，这一下，就有用得着余九成的地方了。有的人他不本分呀，坐在长木板凳上，他把膝盖骨顶得老远，顶这么远干吗？前边不是坐着大姑娘了吗？他顶的是人家大姑娘的屁股。你说可恶不可恶？这种事该由谁来管？没有人管。人家坐在前面的姑娘都吃了哑巴亏了，你管得着吗？这样就出来了余九成，他来到园子不听唱，只在各排板凳之间的通道里走动，时不时地提醒一声，"君子自重呀"，算是维持公共秩序。一晚上多少报酬？没人给钱，义务，白干，只等戏完之后，主家让你去给他摘汽灯，而那汽灯里剩下的汽油，就归余九成倒在一起拿走了，戏园子怕失火，隔夜的灯不存油。

就是这一阵穷忙，余九成找到了一天的饭辙，只是说起来实在是太不容易，这样找饭辙，十几年来练出来了什么能耐？没嘛能耐，就是腿脚利索，跑得快。这么说吧，天津城不算小，他余九成一口气跑上一圈儿，只要你管饭，没问题。

只是，余九成呀余九成，你这样找饭辙也实在是太不容易了。"这不是还没饿死呢吗？"余九成这样说着，心里也不知是苦是甜。

2

"你叫什么名字？"

晴天霹雳，明明是太阳从西边出来了，这一声询问，险些没把余九成吓得瘫在了地上，幸亏他手脚麻利，一抬手抓住了门框，否则，他真会跌倒在地上。

那是在晚上九点多钟的时光吧，余九成提着王掌柜的大提盒来到北方饭店送卤鸡。按道理讲，每天到这时候，一提盒卤鸡早就送完了，余九成也该早早地再去三不管大街，进他的小落子馆，干他维持秩序的非凡勾当去了。但今天晚上天公不作美，倾盆大雨哗哗地一直下个不停，自然，这一晚上三不管小落子馆的活计算是泡汤了，这么大的雨，谁还出来看戏呀？当然有人还是要去看戏，只是人家是去中国大戏院听梅老板，这与他余九成不相干。去不成小落子馆，不是还可以去南门外大街了吗？白牌电车围城转，那个地方不是地势低吗？对了，没错儿，那地方是地势低，地面上总有没鞋帮的积水，白天，余九成挟上四块砖头，是一定要到那里去的,此时不是天黑了吗?你一片好心把砖头放在地上,他下车的人一脚迈下来,黑咕隆咚地没踩在砖头上,噗地一下,他踩在了水里,他不说是自己没看清,他赖你故意在地上放砖头害他。你说说这天津卫还有讲理的地方吗?

没有地方好去,余九成就在北方饭店里避雨。北方饭店也是个了不得的地方,何以就容下个不三不四的余九成让他避雨呢?他不是有王掌柜的大提盒吗?在天津卫,不知道是个什么玩意儿,便使一个人有了身份,一个小牌牌,一件长衫,一双皮鞋,一个小打火机。一位爷大庭广众之下掏出个小梳子来梳头,突然间众人为之哗然,了不得!有眼不识泰山,立即,这个过来鞠躬,那个过来行礼,直吓得这位爷自己心里发毛。暗地里一问,为什么?爷,您老可真是平易近人,太高抬我们这些没身份的人了,您老必是忘了自己是从哪里出来的了,瞧瞧您老的那把小梳子,梳子把上印着一行小字:利顺德大饭店,天爷,那是老百姓去的地方吗?就凭这把利顺德大饭店的小木梳,这位爷一晚上享尽了风光,出尽了风头。

余九成不需要太多的风光,有个房檐避雨就行,何况在北方避雨还不必找房檐,进得门来,好大一个天井,天井顶上几十块大花玻璃,晴天的时候把阳光分解成七种颜色,把一个偌大的北方饭店装点成了一个花花世界,让人一走进来,就觉着全身舒服。下雨天,瓢泼大雨打在天顶板上,北方饭店里显得格外的安静,只有从一套一套客房里传出来的打麻将牌声,还带有一点活气。余九成守着个大提盒立在客房门外的栏杆处,百无聊赖,只在大提盒的旮旯里找鸡骨头啃。

也不知是怎么一回事,余九成就被一位爷看见了,冷不怔地问一句:"你叫什么名字?"你说能不把余九成吓一跳吗?

余九成没敢立即回答,他转着脑袋在楼廊里看了半天,看清楚这位爷确实是要和自己说话,然后,这才回身冲着这位问话的爷鞠了一个躬,"您老可是问我?"

"门口就站着你一个,我还能问谁?"客房里的这位爷好大的气派,大白胖子,金丝眼镜,白纺罗的衣裤,好体面的一副神仙相貌,看着就是一位财神爷。

"挡您的鸿运了,爷,我往边上靠靠。"余九成以为是自己站的不是地方,便忙着往旁边挪动身子,唯恐碍了人家的事。

"我只是问问你叫什么名字,又不吃你,你躲的什么呀?"显然,这位爷不高兴了。余九成马上又把身子移回来,再向屋里鞠躬致歉,这才忙着回答说道:"回爷的话,小的姓余,人家说余字有好几种写法,我姓的这个余,是多余的余,就是多余有我这么个人。至于名字么，没劲，原以先有个名儿，多年不用了，九成，欠着一成，没混出人模样来，唤着顺口，有用得着的时候，您老就喊我一声余九就成。"余九成回答着，还在不停地向着屋里的爷鞠躬敬礼。

"余九成，这名字不错。"屋里的这位爷自言自语地说着，似是对余九成的名字极有兴趣。过了一会儿，屋里的爷又接着问道："你认识字吗？"

这一问，又把余九成吓得打了一个冷战。"爷，您这还是问我？"

"当然是问你了。"屋里的爷回答说。

"爷，"余九成没心思和这位爷闲聊天，便趁势回头向什么地方看了一眼，然后才冲着屋里的爷说道，"爷，我看这阵儿外面的雨小点了，我也该活动着了。"说完，余九成迈腿就往外走，谁料，屋里的这位爷今天还真是闲得难受，一抬手，他唤住了余九成。

"你是觉着和我说话失身份呀怎么地？"明明是话里带着刺，余九成一听不好，当即便收住了脚步。

"爷！"赶紧鞠躬敬礼，余九成忙向屋里的爷道歉，"说哪里话了，您老和我说句话，不是赏我个顶戴花翎吗？我怎么敢躲避呢？是我怕在这儿站久了，碍您老的威风，因此上才早早地一旁闪开。刚才您老似是问我认不认得字，回爷的示问,太高抬我了。我怎么配认得字？"

"一个字也不认识？"屋里的爷又追着问。

"反正这么说吧,非得我写名字的时候,我就画个十字。中国人凡是不会写字的,自己的名字全写成一个十字。只要一看见这个十字,张三说这个十字叫张三,李四说这个十字叫李四,天底下凡是不识字的人,他们的名字写在纸上,全是一个十字儿。"余九成回答着,一根手指伸出来在半空中画了一个十字。

"不识字好。"屋里的爷点点头说,"我一连辞退了好几个跑街的伙计,就因为他们认识字。你交给他个什么东西吧,半路上他准要偷看。"

"换了我就没法儿偷看。"余九成说着,颇为自己的不识字得意非凡。

说着闲话,屋里的爷也不怎么一高兴,他竟然走出来了,站在余九成的对面,上上下下地把余九成好一阵打量,然后又伸手捏了一下余九成的胳膊,这才又向余九成问道,"给我跑街吧。"

"哟! 我的爷,真不知道您老看中了我的哪点？"余九成眨了半天眼睛,懵里懵懂地冲着这位爷问着。

"知道我这是什么地方吗？ 你不认识字,你瞧我这房子外边有一块大铜牌子,这上面刻着的字,上边这行是英文,下边这行是汉文,你当然全不认得,不要紧,我来告诉你,我这儿是比德隆公司。这比德隆做什么讲,你不必问,反正就是做大生意呗,什么货都买,什么货都卖,一笔一笔地全都是大开销。我呢?手下自然有好多的人了,现如今只缺一个跑街的。也不是每天总在我这儿盯着,就是早晨这一会儿,一趟公事,办完了,就没有你的事了。"

"这差事不错,我这人在一个地方待不住。这位爷,这事就算是这样说定了,明日早晨,我准时到您这儿来听吩咐。"说着,余九成听外面的雨声小了一些,他这回真的是要走了。

"等等,你还没问我叫什么名字呢?"

"哟,要说也是,我光知道您老是比德隆公司的大经理,可是您老的大号如何称呼,小的我也总该知道呀!"

"我叫杨芝甫。"

"杨经理。"不等杨芝甫将话说完,余九成立即就赶忙称呼着。

"在我这儿跑街,就只有一件事,美孚油行认得吗?"

"认识认识,"余九成忙着回答,"就在老英租界小伦敦道,大门正冲着工部局。一幢大楼……"

"我没问你美孚油行的正门。"

"我知道,无论去哪里,我也没走过正门呀。您老听我往下说，美孚油行的后门在小河沿上，我也不进后门，过了小河沿，是美孚油行的油库……"

"对，真是个机灵人，我雇你跑街，一天就是跑一趟美孚油库，可不能吊儿郎当地跑，要给我玩儿命。早晨八点，美孚开门办公，你要顶着去油库给我取回来一批货票，从美孚油行油库到北方饭店，放一匹烈马，再在屁股上狠抽一鞭，你说说最快得跑多少时间？"杨芝甫上下打量着余九成问着。

"别这么比方了，我也没有骑过烈马，就说是从美孚油行油库放一只兔子，后面再放四只野狗追它，我看至少也要跑半个钟头。"

"好了，一言为定，我就给你半个钟头的时间，八点半之前跑到北方饭店，这一天的工钱，我给你五角钱，过了八点半，算你白跑，我是一分钱也不给。怎么样，干不干？"

"干，干，我干我干。"余九成听说跑这么一趟就是五角钱，当即便答应了下来，五角钱呀，自己找饭辙，一下午晚上两三处地方，至多也就是挣个三五角钱，如今，只早晨一趟就是五角钱，饭辙有了，余九成再不必为吃饭犯愁了。"杨经理，这差事我干了，您老可是千万不能再找别人了，明天早晨准八点，我一准到美孚油行大库房，我知道，这叫跑大票，把美孚的大票跑回来，您老再开出来分票，一家一户地卖出去,这就叫比德隆公司。我懂,我全都懂。在天津卫混了这么多年的事由,能连这么点事都不知道吗?那不就成了大傻帽了吗?"

……

第二天早晨天才放亮,余九成一骨碌从炕上跳下来,披上大袄就往外跑,倒是他女人一把拉住了他,冲着他大声地问道:"你撞丧去呀?"实实在在,余九成从来没有起得这样早过,早晨,天津卫没有他的事呀。

"别拦我,这次咱有了饭辙了,有嘛事等我回来再对你说。"没有多费唇舌,余九成一股风,走出家门来,径直向美孚油行的油库票房跑去。

当然,按照杨芝甫比德隆公司的规矩,既然是给比德隆公司跑街,那就得穿上比德隆公司的号坎儿,也就是如今大家所引以为荣的工作服,只是比德隆公司的工作服没有袖子,只是一件背心,而且前心后心都印着大字:比德隆公司。余九成人高马大,虎背熊腰,比德隆公司的号坎穿在身上,好体面的一表人才,看着就精神。大马路上一走,人人都要多瞧他一眼。

美孚油行大库房,每天早晨都是人山人海,不等天明,跑来取票的人就在大门外面挤得水泄不通,全都是彪形大汉,个个全不含糊,在门外面一站,活赛是一口大钟,余九成当然不甘示弱,一扛肩膀撞过去,十足的不讲理,谁也不敢惹他。

当当当!英租界的大钟敲了八下,美孚油行开门的时间到了。大门外,等候取票的人们呼啦啦一拥而上,不等里面把门拉开,这帮汉子早就把大门撞开了。"黄爷!黄爷!"人们一齐放声喊叫,显然,美孚油行放票的大爷姓黄,人称黄爷。果然,就在人们的呼喊声中,从大库院深处,精明强干的黄爷走出来了。

黄爷,五十多岁,个儿不高,光葫芦头,耳朵边上夹着一支红铅笔,一只手里拿着好厚的一沓大票,另一只手里拿着一只大红图章,看得出来这是位大权在握的爷。每天早晨,大账房把发货的大票开出来,转到黄爷的手里,由他验票发票。大账房开出来的票,没有他的大红图章,仍然无效,大账房里开出来的大票,在黄爷这里盖了大红图章,立即便能提货拉油,你说说这位黄爷是不是一位人物?

"汇丰、大成、南门外大街的老仁记、菲亚利、奥古德拉……"黄爷一一地喊叫着各家字号的名字,应声,那家字号的人立即便跑过去,点头哈腰地从黄爷手里把大票接过来,道一声谢,回身便跑走了。

大约也就是十分钟的时光,黄爷把手里的票全放光了,拍拍双手,黄爷颇为一天的公差如此利索地办完而感到得意,顺势他就要关大门。

余九成觉着不对劲,仔细看看周围,已是一个人也没有了,各家商号跑街的全都不见了踪影,唯独只剩下自己一个人还站在美孚油行门外发呆,立即他便走了过去,冲着黄爷行了一个大礼,然后这才说道:"黄爷,还有比德隆……"说着,他还指了指自己的号坎,以提醒黄爷别忘记派自己来取大票的比德隆公司。

"嘛叫比德隆?走走走,没你这一号!少在这跟我起腻,我不认识你。"说着,黄爷就挥手往外开人。

"黄爷,您老不认得我,您老还不认得我们杨芝甫总经理吗?比德隆,哎呀,这三个字我是咬不清,得带点洋腔,怎么个出音来着,比个德嘟噜隆。您老想起来了吗?"余九成还是死皮赖脸地和黄爷磨缠,努力想让黄爷想起自己的比德隆来。但黄爷根本不理他的再三提醒,一口咬定压根儿就不知道这么个比德隆,当地一声,黄爷把大铁门关上了。

糟糕,头一天办差就碰了个硬钉子,这不是耽误事吗?回去可该如何向杨经理禀报?通情理的吧,他说自己办事不牢靠,不通情理吧,一不高兴,说不定就把自己辞了。再一想是不是自己口齿不清,比德隆三个字没有说清楚?啪啪啪,余九成狠命地拍着美孚油行的大铁门,拍了半天,没人答理,冷不防,嗖地一下,也不知是从哪里蹿过来一只大黑狗,冲着余九成就扑了过来。

"有话好讲,你干吗放狗咬人呀!"余九成没敢和狗分辩道理,转回身来,逃命要紧,他一阵风便跑回到北方饭店来了。

3

从美孚油行出来，余九成抬头看了一下门房里的大钟，时间是八点十五分。不走运，连这么一点事都办不成，真是终无大用，这辈子命中注定靠竹签子糊弄人去吧，上不了高台面。不过无论如何，也总要回去向杨经理禀报一声结果，用你不用你，那是人家杨经理的决定，一切只能是听天由命了。

这一回，余九成跑在路上，可不是一只兔子后边追着四只野狗了，现在，余九成发疯一般地在路上跑着，活赛是他家里着了火，火烧独门，屋里还锁着一个孩子。顾不得大马路上的来往行人，顾不得马路当中的汽车电车，余九成不顾一切地拼命奔跑，全马路的人全停下来向他张望。"借光啦！借光啦！"余九成一面跑着一面喊叫，马路上的来往行人，真以为他家里出了什么急事，"给这个哥们儿让让路！"不必他自己招呼，马路上的闲人们就替他开道了。"嘛事？"当然也有人要问个究竟，免不了就要多看余九成一眼，"哟！比德隆。"人们发现了余九成穿的号坎儿。"比德隆是嘛地方？"自然还是有人要问，见识多的人便立即回答："准是什么大字号呗！""卖嘛的？""就你刨根问底，跑街的这样快马加鞭，能是卖凉粉儿的吗？"说得对，就凭余九成的这一趟奔跑，天津卫就知道有个比德隆，还知道这个比德隆每天早晨跑货单的人活赛是当年给杨贵妃送荔枝的官驿站的骏马，你就想想这比德隆是个什么字号吧。

一口气，余九成从美孚油行跑出来，出了英租界，过了墙子河，下了老西开，穿过南门外，一步没停，他一直跑到了北方饭店。一闯进北方饭店的大门，直吓得看门的伙计以为是闯进来了强盗，"站住！"大喊一声，上来他就要抓人。余九成回头一看，认识，北方饭店的门房，高升。高升当然也认识余九成："你们家死人啦！"上来就是臭骂，一只手还把余九成狠狠地抓着。余九成该是个何等利索的人儿，金蝉脱壳，他来了一个分身法，一扬胳膊，他把那件比德隆的号坎留在了看门伙计高升的手里，噔噔噔噔，一路奔跑，他又一口气跑上楼来，"杨经理！"喊声未落，咕咚一声，余九成活赛是一颗炮弹，一下子就射进了屋里来。

"哈哈哈哈，够意思，跑得不慢，现在才八点四十，打出去在美孚油行耽误的时间，你这一路才用了二十五分钟，好腿脚！"这位杨经理也怪，他不向余九成要货单，反而连声夸奖余九成的腿脚功夫,夸奖着,他还放声大笑,似是只要余九成跑这么一趟,就算是给他办了大事。

"杨经理,"余九成垂头丧气地对杨芝甫说着,手抚着胸口,他还没有喘匀了气。只是杨经理似是已经知道了事情的经过,他只是把手一挥,一点责备余九成的意思也没有,反而关切地说道:"累苦了,快歇着去吧,后边有烧饼馃子,随便你吃,吃饱了你就回家吧,工钱明日一起给你,咱们是两天一算,隔一天给你一元钱。"

"杨经理,我可是嘛事也没办成呀!"余九成心中有愧,他当然不敢立即就这么地去吃烧饼馃子,公事还没有交代呢,怎么就可以无功受禄呢?

"哎呀!我说你这人怎么一点也不像是个男爷们儿呢!"余九成过分的自谦,反而让杨经理颇为不快,他又是一挥手,便又打断了余九成的话,然后,又对余九成说道,"没落包涵,就是好活。明日照方吃药,你还去美孚油行不就是了吗?噢,有件事我忘了向你交代了。你就这样冲着黄爷要货单,当着那么多人的面,他能头一个给你吗?明日你再去,把咱比德隆的大公事包带着,你也别跟黄爷要什么,只等到美孚油行一开门,见到黄爷从里边出来了,远远地你把这个公事包举起来,要高高地往上举,能举多高你就举多高,然后,冲着黄爷你就一声喊叫;黄爷,拿啦!拿的什么?你别管,怎么拿的？你也别管。反正喊过这一嗓子之后，你回头就往我这儿跑，能跑多快你就跑多快，跑到了我这间公事房，没有人就算作罢，倘若有人，你就把公事包狠狠地往桌上一放，然后，你还得上气不接下气地说一句，哎呀，杨经理，这一张票，可费了大劲了。记住了吗？"

余九成眨了半天眼，越琢磨越闹不明白是怎么一回事，明日早晨，他还要早早地到美孚油行的大库房去，还得带上事先准备好的大公事包，等到黄爷从里面出来，他只要把公事包冲着黄爷一举，"黄爷，拿了"！然后就往北方饭店跑，跑回来就有烧饼馃子吃，还能领五角钱。真不明白，这是唱的哪出戏？真就似戏台上做派的那样，皇帝老子一说酒宴摆下，立即小花脸就跑过来，将一套木质的酒具呈上来，小喇叭一吹"阿里无里阿"，文武百官一举杯，"好酒呀好酒"，这就算是把酒喝完了。

嘻，管那么多的事干吗？咱不是找饭辙吗？让干什么咱就干什么，让唱哪出咱就唱哪出，神仙老虎狗，生旦净末丑，什么角儿全是人扮的，找到饭辙就是好汉子，余九成，你就招呼着来吧！

第二天早晨，按照杨经理的事先吩咐，余九成早早地就来到了美孚油行大库房门外的大旷场上，当然，他身上穿的是比德隆的红号坎，前心后心都印着三个白字：比德隆。怀里还抱着杨经理交给他的大公事包。这公事包好大，挟在胳膊下边，连胳膊肘都打不过弯来，又是当然，这大公事包两面也都印着大字，还是比德隆，无论你怎样挟，比德隆三个大字总是冲外，离得好远，就能看得清清楚楚。

挟着大公事包，余九成不和任何人说话，跑街的规矩，谁和谁也不说话，大概是怕泄露商业秘密。只是人们的眼睛却决不闲着，暗地里，你瞧我一眼，我瞟你一眼，都在观察对方的动静。余九成初来，街面上的事还不太熟，但只凭感觉，他也觉出这些人中真是神态各异。有的就胸有成竹，有的就嘀嘀咕咕，还有的似欠着三分理，远远地稍着，不敢往人群里钻。反正余九成吃过了定心丸，他胳膊下边挟着大公事包，不必细问，大票早就在昨天晚上送到了，今早晨虚晃一招，从黄爷眼皮子下边过一场，算是大面上过得去，然后跑回来交差，货单拿到手了，做生意吧，大经理，发财了，您哪！

当当当！美孚油行的大挂钟打了八下，八点整。和昨天一样，没等大门里传出动静，挤在大门外的人们，便一窝蜂地往大门口拥去。余九成当然又是一马当先，一个燕子穿堂，嗖地一声，他便抢在了众人的前边，伸直了脖子往里面瞧，不多会儿的时间，和昨天一样，黄爷从里面优哉游哉，吊儿郎当走出来了。恰这时，众人一齐把胳膊伸过去，黄爷，黄爷，几十个跑街的汉子同声喊叫，一时间吵得天昏地暗，幸亏余九成心里有底，他不慌不忙地冲着门里放开嗓子就是一声大喊："黄爷！拿啦！"也不知黄爷听见没听见，更不知黄爷听见之后是个什么表情，反正他余九成是喊完了，喊完了，他就该回头往北方饭店跑了。

今天余九成跑在街上，自然是和昨天不一样了，昨天，事情没有办成，不知道杨经理要如何发落，提心吊胆，跑得没有章法，没有神韵。今天，一切一切全都是按照杨经理编排好了的程式办的，一举手，一投足，全都是有板有眼，一点差错也挑不出来，所以，余九成跑在路上才是十足的气派。

"借光了，借光了，老少爷们儿借光了，我这是公事在身，也算半个官差，误了事都不方便，闪开个道，与人方便，自己方便，老少爷们儿借光了！"一路招呼着，一路大步奔跑，余九成真是一派忠心耿耿。

"瞧瞧这是多大的气派，跑街的这么精神，错不了，比德隆准是生意兴隆呀。"马路边上看热闹的人议论开了，人们都在给余九成叫好。真给主家卖命，眼见着小汽车开过来了，愣不让道，一阵风地就往上冲，直吓得开汽车的犯了傻。"嘎"的一声踩了刹车，要不，非得出人命不可。

偏偏天津人又最爱看热闹，风风火火地大马路上跑着一个人,人人都忍不住地要问个为什么。"嘛事?""怎么的了?""后边有警察追吗?""他娘儿们跟人跑了?"等等等等,各种各样的问题都有。余九成自然顾不得回答,只得任由看热闹的人胡言乱语,有人说这位爷是大烟鬼,此时此刻是犯了烟瘾,好不容易从他女人手里要出五角钱来,便拼命地往大烟馆跑。有人说看着不像,大烟鬼没有这么好的腿脚,南市三不管有的是大烟鬼,走路都打晃,那就更别说跑了,一步也跑不起来。没错儿,这位爷给大字号跑生意,如今这年月,物价飞涨,一个时辰一个价,快跑一步说不定就能多赚几个,慢跑一步,弄不好就要赔钱,所以这大字号找跑街的,第一就挑飞毛腿。当然,还有人说这位爷不本分,让人家从野女人的被窝里给掏出来了;更有人无所不知,一句话,说得众人哑口无言:"别瞎猜了,他大便干燥。"

无论别人如何评说,余九成是公事在身,决不敢有一点怠慢,兜起一溜滚地风,活赛是草上飞,一道白光,只看见一条好汉在快步奔跑。"好!"马路边上真有人给余九成拍巴掌,连租界地的外国人看见了,都翘大拇指:"马拉松,马拉松!"中国人不知道这三个字是什么含义,只觉着是夸奖余九成跑得快。

这一下余九成出了名,每天早晨大马路上早早地就站下了不少的人,专心要看余九成跑街,甚至于余九成还惊动了新闻记者,早早地就有人挎着照相盒子等在路边,只等余九成远远地一露面,咔嚓咔嚓,照相盒子一溜拍照,早把余九成跑街的英俊神态给照了下来。

一连跑了五天, 余九成发现北方饭店里比德隆公司的景象发生了变化。正如杨芝甫交代的那样,有一天早晨,余九成从外面一跑进屋来,正看见屋里坐着好几个人。也不知是哪儿来的一股机灵劲, 余九成想起了对这种情况杨经理有过交代:"哎呀,杨经理,这大货票,真不容易呀!"说完,余九成把公事包往桌上一放, 转身, 他到后边吃烧饼馃子去了。只是,临出门时他听见屋里的人向杨芝甫恳求着说:"杨经理,今天无论如何您老也要给我分出一张票来。"余九成心里明白,比德隆的生意已经是做大了。

水涨船高,肉肥汤也肥,才跑到第十天上,杨经理就给余九成加了工钱,跑一趟一元钱。我的天爷,有了这一元钱,余九成就没有发愁的事了。余九成不光没有能耐,他还不知荒唐,没有一点坏毛病,不贪酒,不赌钱,不拈花惹草,只是吸烟,也不吸好烟,最高级的享受是老金枪,一盒烟五分钱,半斤棒子面的价钱,还是两天一盒。你说他余九成有什么花销?

有了每天这一元钱的准进项,余九成一门心地给经理跑街,再不去南门外大街垫砖头,再不去南市三不管大街站在王掌柜的身旁做鬼骗人了。如今的余九成是一个有正经事由的人了。

只是，在天津卫混事由太不容易，不知道怎么就把个什么人给得罪了。头一个，就说这美孚油行大库房的黄爷吧，每天早晨，余九成举着大公事包，远远地冲着黄爷一招呼："黄爷，拿啦！"真拿假拿，你自己心里有数，干吗非要和余九成过不去？偏偏这位黄爷不通情面，每天一开门，不等余九成冲着黄爷招呼，准时不误，黄爷先冲着余九成"呸"地一口臭痰就吐了过来，你说这是谁招了谁，又是谁惹了谁？不过呢，余九成心想，这可能是黄爷面子上过不去，大门外这么多等着跑大票的人，谁还没和黄爷见上面，你个比德隆公司就先把大票拿走了，这不明摆着有鬼吗？天津卫说是码儿秘，两下里有猫腻。当然了，黄爷要冲着自己吐一口唾沫，以表示自己的廉洁奉公。

回到北方饭店，杨经理又被客户们团团地围着，根本就没有和余九成说话的时间，吃个哑巴亏吧，不是把大货票跑回来了吗？跑回来大货票就是能耐，至于黄爷，到时候暗中给点好处也就是了。只是，阎王好说，小鬼难办呀，就因为余九成每天都是第一个拿到大货票，这一齐跑街的爷们儿，就咽不下这口气了，说得是呀，全都是一齐跑街的，为什么人家余九成就能每天拿头一份儿？偏咱爷们儿和美孚这么大的面子,就是拿不着头份儿。要知道这晚一会儿就是晚了一分的成色呀,自家的主子不说话,自己也觉着脸上无光。非得给他点颜色看不可。

就这么着,余九成倒霉的日子来到了,本来,美孚油行门外,跑街的人们没有交情,但是总还能见了面彼此点个头,问一句"吃了吗?"也算是礼尚往来;只是到余九成跑了半个月之后,美孚油行门外跑街的人们便再也不理他了,活赛他是得了瘟疫,大家伙一见了他,远远地便都散开,就像压根儿不认识他似的。不认识就不认识,咱不是找饭辙来的吗?见到黄爷,拿到手大货票,回头就往北方饭店跑,跑到北方饭店,办完了官差,工钱拿到手,谁也不认得谁,去你娘个蛋的吧,我余九成又不想和你们套近乎,爱理不理,天津卫的包子还叫狗不理呢!

偏偏,事情不像余九成想得这么简单,明里没人理你,暗里就会有人算计你,这不,一天早晨,天刚蒙蒙亮,偏又下着小雨,余九成躲在个角落里,眼巴巴地等着美孚油行开门。早早地,他就把大公事包准备好了,只等着黄爷一露面,自己就将大公事包高高地举起来:"黄爷,拿啦!"然后,照方吃药,大功告成,烧饼馃子和一元钱的工钱,才真是"拿了"。

终于,美孚油行的大铁门懒洋洋地从里面拉开了,手疾眼快,余九成纵身一跳,就想向黄爷打招呼,大公事包刚要举起来，还没容余九成喊一声黄爷，啪地一下，余九成就觉着有人往自己的两腿之间别了一下，咕咚一下，余九成俯身冲地，身子被兜起来在半空中翻了一个跟斗，然后落下来，活赛是一棵大树砰然倒下，余九成被狠狠地摔在了地上。

"好！"众口同音，几十个等在门外跑街的人一起放声叫好，活赛是给马连良老板叫碰头好，声音洪亮，干脆利落，有声势，有气派，那才是大快人心，解了众人的心头之恨。

趴在地上，余九成半天没闹明白是发生了什么事情，他只觉天昏地暗，眼前一片金星，腰背疼痛得似是挨了一顿乱棍，天爷，这是出了什么事了？余九成在心里边暗自琢磨，不对，这是中了小人的暗算，小不忍则乱大谋，余九成没有这么大的学问，但他懂得这其中的道理，赶紧爬起来，不能趴下，大将军韩信尚且要受胯下之辱，凭我一个连饭辙都找不到的王八蛋，还能有什么咽不下的孙子气？罢了，咬紧牙关，忍住疼痛，余九成挣扎着从地上爬起身来，"这是谁扔的香蕉皮？"他没敢骂那个给他下绊儿的人，只说自己是不慎滑倒，脸上还露出一丝笑容。"黄爷！"举起手中的公事包，远远地向着黄爷就打招呼，余九成没忘自己的公事，话音未落，余九成还没喊出来"拿啦"！"咕咚"又是一声，余九成一双胳膊在半空中画了一个大圆圈，"哎呀不好！"余九成意识到似是又要出点什么事,只是还没容他想个究竟,叭地一下,这次是仰面朝天,余九成又来了一个老头钻被窝。

"好!"众人又是齐声喝彩,余九成躺在地上,这次他已是全身疼得再也爬不起来了。

4

"哎哟,哥们儿,你这是怎么的了?"果然,天下穷人是一家,世上没有无缘无故的爱,也没有无缘无故的恨,余九成满身泥巴,鼻青眼肿地一步跑进北方饭店的大门,第一个过来搀扶他的,就是北方饭店守门的伙计高升。高升把余九成拉进他的大门房里,端过来一盆水,让余九成擦去脸上的血污。

"高爷,我这公事包还没送过去呢!"余九成公务在身,一心只想把美孚油行的大货票先交到杨经理的手里,自然便要和高升挣扎。只是高升实在是看着余九成的样子可怜,按住余九成就是不肯放开:

"嗐,九成,你先洗净了脸再说吧,比德隆公事房里满屋的客户,你这样血迹斑斑地跑进去,不是成心给杨经理脸上抹黑吗?"说着,高升给余九成洗得干干净净,然后才放余九成上楼。

幸好,待到余九成跑上楼来,比德隆公司墙上的大表刚到八点三十分,余九成身经百难,公事总算一点没有耽误。杨经理正被客户们围在当中,根本没有抬头看余九成一眼,只是由余九成说了声:"杨经理,大货票。"然后,就让余九成吃烧饼馃子去了。

前边公事房里的生意如何火爆,余九成不必过问,反正杨经理已是应接不暇了。客户们死乞白赖地求杨经理开分票,杨经理只是推说进货太少,谁的要求也无法满足。"杨经理,杨经理,我的货款您可是收下半个月了,无论如何,今天您也要给我开出几十桶油来。"客户们几乎是向杨经理恳求,但杨经理无动于衷,"这位爷说的正是时候,半个月前我收下的货款,今天正打算退给你呢,也是我一时心善,明明是没有油呀,怎么就先收了人家的货款?"

"哎哟,杨经理,您老也太不给面子了,货款我怎么能取回去呢,这不是砸我的饭碗吗?别过意,算我刚才语失,您老无论什么时候给我油都行,只要您记着我这号就行。"说着,那人再不敢向经理要油了。

何以这市面上的油就这样紧张呢?不是时局告急吗?日本人盘踞着东三省,关外的日本人专门派下人来,在天津买油,而且指定,只要美孚的油,德士古的油也要,但是数量不能超过三成,德士古的油,价钱太贵,是飞机用油,日本人从东三省往关里打,用飞机的时候不多,人家用铁甲车,开铁甲车什么油都行,而美孚的价钱又低,所以有多少要多少,派出来的人买不到油,算是不肯尽心,轻的自责,重的送军法处,也有人爱国心太重,据说曾发生过剖腹自杀的壮举。悲夫,铁血男儿!

偏偏,天津卫又是这么个鬼地方,什么东西越少,天津卫市面上这种东西就越多,这不,只一年时间,天津卫就相继有几十家石油公司开业,一家比一家排场大,一家比一家生意兴隆,一时之间,江南的、江北的、关内的、关外的,那真是七十二路诸侯云集天津,白花花的银子,河水一般地日日夜夜不停地往天津流。但是,说来也怪,天津卫大小宾馆老客爆满,而每天从天津往外地运出去的石油却为数并不很多,人们只是在天津住着,等着,买到手一桶石油,便立即马上往家里发一桶石油,有了这一桶石油,机器就可以转,铁甲车就可以开,八方英豪就可以大显身手;石油一天不到,半个中国就要瘫痪,无论是多大的人物,也无论是多大的本领,全都不能施展,你瞧这石油简直就是人身上的血,只可惜中国这么大的一个汉子,胳膊腿脚筋骨力气都不错,就是天生缺血,你说这可该如何活?

没关系,中国不是缺血吗?咱天津人造不出血来,咱有本事捣腾血。一滴血捣腾成一腔血,信不信由你,天津爷们儿的本事就是这么大。这不,杨芝甫就开办了比德隆公司,比德隆公司就有了一个跑街的飞毛腿余九成，余九成就买通了美孚油行大库房的黄爷，每天早晨头张大货票，准准是余九成拿到手，所以比德隆公司的石油，早晨开什么价，这一天，天津的石油市场，就不能高过这个价。

眼见着杨经理是发了，只不过才一个月时间，他愣胖出二十斤肉来，大脸盘子活赛是一个大月亮，满面红光，吃得肥头大耳，大肚子腆出去一尺多高，有人开过玩笑，说是有一天下大雨，杨芝甫坐洋车来北方饭店，杨芝甫腆着大肚子坐在车上，车子拉到北方饭店大门口，拉车的身上居然没淋一滴雨，你就说说这杨芝甫的大肚子有多大吧。

杨芝甫发了，余九成也跟着沾光，他每天的工钱，早就从五角涨到了一元，一元钱是个什么概念？那时候，美国的兵船牌白面是两元钱一袋，一袋白面五十斤，按今天的市价，这一袋白面是五十元。一个月十五袋白面，合成现行的货币就是七百五十元，评职称是正教授还是副教授？诸君明鉴，心里分去吧。

只可恨，天津卫这地方不容人，你讨饭，有人施舍你，你跳大河，有人跳水去救你，偏偏你若是发了财，当即就有人忌恨你，你再本事大，冷不防，说不定就有人敢往火里推你。若不，天津卫这地方怎么就叫码头呢？

"余九成，你往哪里跑！"

这一天，余九成和每天一样，早早地起身就往美孚油行的大库房跑。天时已经入冬，早晨七点多钟，天色还是一片漆黑，再加上路灯的灯泡，大都被天津卫的坏孩子们用石头练瞄准，一个个全都砸坏了，黑咕隆咚，余九成深一脚浅一脚地在路上走着。

谁料，余九成才走进英租界的小马路，再有不太远的一段路程，就到美孚油行大库房了，偏就这一段路黑，又僻静，冷不防，迎面走过来四个彪形大汉，明明是一道铜墙铁壁，就恶汹汹地横在了余九成的面前。

"几位爷早。"余九成心里敲着鼓，脸上却不能有一点慌张，满面堆笑，他上前向几位不速之客问候早晨好。

"认识我们吗？"领头的一个黑大汉劈头向余九成问着。

"小的眼拙，平日街面上老少爷们儿成年地关照着，一时想不起来，容小的日后再孝敬几位爷。"余九成当然知道天津卫的规矩，这叫闹事，轻的叫串帮，和你拉个关系，看你太肥了，吃个份子，定个日子，定个价码儿，按时把那点意思送到这爷们儿手里，算你船靓，日后不和你找麻烦；往重处说，压根儿不想吃你的份子，给你立点规矩，该如何守本分，自己估摸着。

"明说了吧，"当头的黑大汉横站在余九成的面前，两手在腰间一插，恶声恶气地说着，"咱哥们儿平日无仇，素日无怨,我们也是受雇于人,不过是给你立点规矩,记住了,从今以后,不许你再去美孚油行捣乱,只要再在美孚油行门外看见你,有话在先,你可别怪咱爷们儿不客气。"

"几位爷容我细说,我也是受人雇佣,不过就是给人家跑街,拿的只是一份脚力钱……"余九成极力为自己争辩,想向几位爷求情,说着他还补充着说了一句,"几位爷要多少表示,只要我余九成有这份力,一准我尽到孝心。"当然,余九成这是暗示他可以按时给几位爷一份好处。

"少来这套,我们该得的好处,那边的几位爷已经给了。我们只是替那边的几位爷传个话,今后不许你再去美孚油行起腻!今天不伤你的筋骨,对不起,只封你的双眼,明日再在美孚大门口看见你,有话在先,我们可是要废你一条腿。听明白了吗?"话音未落,当当两下,早有两只老拳飞来,左眼一拳,右眼一拳,余九成没来得及喊一声疼,早一只眼睛落下了一只老拳。这时,小马路上,四条凶汉早跑得没了踪影,马路地面上,只趴着一个余九成,余九成双手捂着一双眼睛,疼得在地上滚来滚去,可叹他忠于职守,就这样,他怀里还死死地抱着那个比德隆公司的大公事皮包。

余九成先是在地上趴着,后来是强挣扎着爬了起来,双手乱摸,摸到了电线杆子,便将身子依着电线杆子呻吟:"哎哟,哎哟,可疼死我了,好心的爷们儿,你们帮我给家里送个信吧,北方饭店的比德隆公司……"只是,无论余九成如何恳求,过往的行人,就没有一个人肯过来帮忙。

唉,天津卫的人呀,咱们怎么就自古以来养成了这么个坏毛病呢?人说是燕赵多义士,路见不平,总要拔刀相助,其实哩,在天津卫,就是路见强梁,也是无人过问的。谁也不肯多管闲事。余九成就这么在小马路上呻吟半天,也不是没有人从他身边经过,甚至于还有人在一旁议论,"这位爷这是怎么的了?乌眼青。让人给封了眼了,一准是得罪什么人了。少管闲事,我说这位爷,有嘛事你忍着点,五角钱一筒的老乌眼药,特灵。"说罢,过路的人走了。秃噜秃噜,余九成感觉着已有许多人从他身边走过。只是没有一个人肯过来帮他一把,唉,人心世道呀,如今已是谁也顾不过谁来了。

幸好,余九成路熟,捂着一双眼睛,顺着墙角,一步一步地往前走,拐弯抹角,蹚过马路,他没有去美孚油行,转过身来,他回北方饭店去了。摸到北方饭店,天知道是到了什么时辰,反正估摸着已是时辰不早了,刚走上楼梯,就听见杨经理在屋里大声地说着:"不能够呀,余老九老实可靠,不可能出差错呀!就是路上遇见了老虎,他也不能误了我的事呀!大票还在他手里呢。"

"杨经理,我在这儿!"使出全部力气,余九成大声地喊了一声,然后,咕咚一下,余九成从门外跌进了屋里。

"你们瞧,你们瞧!"杨经理慌忙上来将余九成搀扶到屋里,然后,指着余九成的眼睛向屋里的人们说:"我这是招了谁,又是惹了谁了?我不就是开公司做生意吗?没关系,天津卫容不下我,咱有话好说,就凭我和美孚油行的这点面子,每天清晨的这一张大货票,好歹一倒手,我是五倍的赚头。为嘛要在天津做生意?要的只是个好人缘,全都是街面上的朋友,眼看着这石油生意操在别人的手里,我眼里实在是揉不下这把砂子,给咱天津爷们儿找个饭辙,靠我在美孚的这点面子,多多少少也要让天津爷们儿得点实惠。这美孚油行的大货票,是这么容易开出来的吗? 在座的都不是外人,若说是几位没有本事,咱爷们儿怎么就在天津卫混了这么多年? 只是如今不是石油货紧吗,无论你是多大的能耐,美孚的石油你是休想开出票来, 不这样, 能让那些奸商欺行霸市?咽不下这口气,所以我才开了这个比德隆公司,为什么?别让咱天津爷们儿在家门口栽了跟头。是的,没错,凭我比德隆公司这点脓水,我也办不成什么大事,一天多不过百多吨的油,可是有了这一百来吨石油,咱天津人就能自己给自己定出个行市来,有人想哄抬油价,他就得先看看咱爷们儿的开盘价,多不过往上涨个一成半成,太多了,就没人买他的账。为什么? 就因为有了个比德隆公司,比德隆公司就是天津爷们儿的定心丸。是这么回事不是?可是如今几位爷看见了，天津卫的这碗饭我是不能吃了，有人给我下毒手了，人家余九爷不就是一个跑街的吗？人家怎么得罪你们了？拿人家下手，你们不觉着缺德吗？不瞒诸位说，我杨芝甫对不起人家余九爷，人家余九爷给我跑一天，我才给人家一元钱，够人家干吗的？人家这不是看我的面子吗？给几位爷跑油，别让自家爷们儿太吃亏，一天一趟，风雨无阻，人家这点辛苦劲，不容易。换一个人早就不待候了，年轻力壮的汉子，干点什么混不上吃喝？干吗跟我吃这份哑巴亏？余九爷，你今天先好生歇一天，只要把这批货打发出去，从明日开始，我再不收新货款，咱不干了。"杨芝甫云山雾罩一番口若悬河的白话，先是把余九成一心的委屈打消了，同时也把满屋里等着开票提货的老客们的纷纷议论压了下来。看见跑街的被打成这个样子，人们就更相信比德隆公司的信誉可靠，自然也就更相信他们交到比德隆公司手里的订货款绝对的万无一失。

余九成被扶进了后房，人们找来了北方饭店看门的高升来照料余九成。车船店脚衙，历来是经得多见得广，对于一些常理和常识之外的灾祸全有几手家传的处理办法。高升听说余九成被人封了双眼，二话没说，出门买了一斤鸡蛋，然后便匆匆地走上了楼来，走进比德隆公司的后屋，正好，余九成捂着双眼在小床上躺着。"兄弟别动。"说着，高升走到余九成身旁,就近坐在了小床上,抬手,他把两只生鸡蛋放在了余九成的两个红肿的大眼泡上。

"你这是干吗?"余九成虽说是见多识广,但到底这黑道上的事不甚了了,他抬手捂着那一对生鸡蛋,大惑不解地向高升问着。

"你不懂,这是祖传的秘方,眼睛外伤,千万不能敷药,要用生鸡蛋往外撤火,用不了多少时间,也用不了多少鸡蛋,放在眼睛上的生鸡蛋不多时间就自己熟了,熟了之后,马上再换上一只,再让从眼里撤出来的内火把生鸡蛋烤熟了,一只一只地换下去,八个钟头,你就能找你的仇人去算账,这就叫新仇不过夜,明日再交手,南市三不管地界里就是这个规矩。"

"高爷,我和谁也没有仇呀,我是出来找饭辙的。不是得把肚子填饱了吗?哎哟,这不是要疼死我吗,高爷,您老找那些抽大烟的给我要一点烟灰,听说那东西最能止疼,哎呀,我实在是受不了啦,你说咱这是得罪了谁了?你封我的眼干什么呀,有嘛过不去的事,你照着屁股踢呀,哪有给人挂幌子的,我没做那不是人的事呀,我没往不许我看的地方乱看呀,你封我的眼干吗呀!"余九成喊着叫着,一双手捂着眼睛,疼得在小床上滚过来滚过去。

5

到了中午十二点，比德隆公司跑街的余九成遭人殴打的消息已经传遍了天津卫，你想呀，从余九成路遇恶人，到他被人打伤双眼，再到他摸着墙壁找到北方饭店，这该是经过了多少时间呀，不是天津人爱传舌头，真正把余九成挨打的事张扬得满城风雨的，不是别人，正是余九成自己。

看见余九成挨打的人本来并不多，或者说，根本就没有，但是说余九成挨打的人，那可是太多了，而且，一传十，十传百，传到这天中午的十二点，关于余九成挨打的传奇，至少已经有了五六个版本。第一种说法是，余九成给比德隆跑街，每天都拿头份货票，因此上气恼了各家各户跑街的爷们儿，这一些爷们儿不说自己无能，反而说是余九成砸了他们的饭碗，于是买出了人来，埋伏在余九成去美孚油行的路上，冷不防跳出来，将余九成打倒在地，幸亏，人家余九成身怀绝技，先来了一个回头望月，又来了一个旱地拔葱，嗖嗖嗖，一阵天门地门童子功，这才没有太吃亏，只是一双眼睛被那几个凶汉给封了。另一种版本说余九成和美孚油行华账房大写是一担一挑，余九成的娘们儿是美孚油行华账房大写的女人的亲妹妹，因此上两个人才一打一托，两个人做好了圈套让众人跳，前一天晚上，华账房把大货票偷出来交给余九成，第二天一早，余九成只要去美孚油行虚晃一招，大货票就算是拿了，然后余九成把大货票，快马加鞭传回北方饭店的比德隆公司，你说说这比德隆公司能不发财吗？此外呢？此外的胡言乱语就更不着边际了，有的说余九成是一位隐名埋姓的江湖奇人，人家一双飞毛腿日行千里，夜行八百，从美孚油行拿到大货票，一口气跑回北方饭店，这当中多不过五分钟时间，比日本国的电骡子还要快上一倍，为什么余九成每天只是要在八点三十分才到比德隆公司？没嘛猫腻的事，半路上余九成要去会一个女人，有分教，这叫绕路寻花。还有的说，根本你们说得全都不对，余九成就是余九成。他嘛能耐也没有，为嘛跑得快？还是上次说的那个原因，他大便干燥。

　　反正无论是怎么说吧，如今的现实是余九成挨了揍，一双眼睛上放着两只生鸡蛋，躺在比德隆公司的小后屋里，哎哟哎哟地喊疼，而比德隆公司的杨芝甫先生，此时此刻却正被众人围着，人们争先恐后地向他要现货。"哎呀呀！你们实在也是太不通情理了，我既然收了你们的订金，跑得了和尚跑不了寺,我还能少了你们的石油吗?今天的货是不行了,这还是两个月之前收下的订金,人家看在我的老面子上,是不好意思催货呀,只是我若再不给人家发货,那就太不对了。所以几位爷再容我几天时间,头一份交下订金的,已经是二十天了,明日提货,怎么样?够朋友不够?非得现在就要,对不起,我可是要退款了。"说着,杨芝甫就往外掏钞票,这一下,吓得众位老客再没有一个人敢逼着杨经理开分票了。

到了中午,余九成的眼睛还是疼得难忍,一双手只是按着两只生鸡蛋在眼窝上翻动。这时大客房里的老客们也都走了,杨经理觉得也该吃饭了,这样他才走到后屋里来,先是俯身看了看余九成,然后便关切地问道:"九成,好点了吗?"

余九成没经历过大世面,莫说是被人封了双眼,就是被人踢断了脊梁,也从来没有人问候过他。如今,一位大经理居然过来问他伤情如何,你说他能不感动吗?"杨经理,快照应您的生意去吧,我没事。高升说了,天一黑就会好的,没什么大不了的事,我们这号人,皮实,受苦受累的命,脑袋掉了碗大的疤,堵上个窝瓜,就又给人家扛活去了,杨经理,您放心,我没事。"

"总要吃点饭吧。"杨芝甫说着,还伸过手摸了一下余九成的脑袋。

"哟,杨经理,这中午饭可是该我自己想辙,从一开始给您做事,那就是事先说好了的,只管早晨的烧饼馃子,不管午饭晚饭。到了吃饭时间,您老尽管自己去吃,我的事,您别操心。"余九成受宠若惊,自然是连连道谢,只是这中午饭,他是绝对不能向人家主家要的。

"嘻!你为我受了这么大的委屈,到如今还分什么你的我的呀,今天的午饭,我'候'了。"天津话,"候"了,就是他管了。在饭店吃饭,遇上朋友熟人,远远地一招呼,"爷,我这儿一齐'候'了。"那意思就是说,他那里已经一起付过账了,你只吃完走就是了。

"杨经理,这可是使不得,日后让人知道了,我余九成没身份,说好不管午饭的,我死皮赖脸地在这儿装死,蹭这一顿饭吃,让人'品'人性。不提这吃饭的事,我还在您老这里再养一会儿,您若是总说吃饭的事,那可是明着往外开我,我不打搅您好了,我这就走。"说着,余九成挣扎着就要起身下地,幸亏杨芝甫手疾眼快,一下,又把余九成按在了床上。

"哎呀呀,我说九成呀九成,你给我出了这么大的力气,就算我今天请你吃一顿儿,那也是应该的呀。你已经不是外人了,对你明说了吧,这一阵,咱也赚了不少的钱了,我这正想着该如何给你涨工钱呢。当然了，这要看你愿意干不愿意干了，今天吃了小亏，明日说不定就会再吃大亏，我看，你若是怕有风险呢，早早地另谋高就，我也不强求，万一出了什么差错，你年纪轻轻的，我对不起你。"

"杨经理，您老这是说的哪里话呀，我余九成身无一技之长，天天是吃了这顿没有下一顿，好不容易在您老这儿找到了准饭辙，不就是封我的两只眼吗？只要有一口气，我也给您老人家跑街，就是死在了大马路上，我也心甘情愿。"余九成还要向杨经理表示决心，恰这时，楼下把午饭送上来了。我的天，这个香呀！

给余九成买饭，杨芝甫没用多少钱，只是从楼下小饭铺要了一只红烧肘子，四只大馒头，外加一碗酸辣汤，就这样已是吃得余九成感恩戴德了，连声表示明日早晨还要为杨经理赴汤蹈火。倒是杨芝甫有点不好意思，他只是向余九成问："你不怕他们真的会下毒手？"

"只是，有个事我倒想向杨经理讨个示问。"余九成一口气吞下了一只红烧肘子，外加四只大馒头，直吃得肚子滚圆滚圆，这才向他的杨经理问道："我想杨经理每天只要我向黄爷晃一下大公事包，那意思就是证明我的这份货票是从美孚油行开出来的，然后我就穿着比德隆的大号坎，在大马路上跑这么一趟，让天津卫的人们都知道比德隆公司从美孚油行拿出油来了，然后，八点半钟之前我赶到您老这里，这样，在满天津卫，我就给您老做了一次活广告。我挟着比德隆公司的大公事包，穿着比德隆公司的大号坎，有买石油的，自然他就要到您这儿来。这当中，黄爷和杨经理的交情，我余九成是心里有数的，只是我余九成得人关照，至今我还对黄爷一点表示没有，细想起来这也是黄爷不高兴的理由。现如今我给杨经理跑街已经是快一个月了，这一个月除了挣下吃喝之外，多少我有点结余，这么着，我就想找个机会给黄爷见点亮儿，别让黄爷以为咱是不懂事的人。"

"哟！余九成，真有你的，好一个机灵的人儿，我找你算是找对了。美孚油行的大货票，能在前一天晚上放在大公事包里，这靠的全是黄爷的关照，我呢，你是个明白人，凭我和华账房的交情，黄爷那里我还用不着出面，再说，以我这样一个大经理，出面和黄爷那样的人物来往，也实在是不合适。这样，你若是能找个机会把黄爷请出来呢，这笔花销，我出了。你看怎么样？这样，也免得别人总和你找麻烦，你是个精细人，一切，你就伺机而做吧。"

"哎呀！杨经理，真这样，比德隆公司的这碗饭我就吃长了，您老，可真就是我的大恩人了。"双手捂着一对眼睛，余九成站起来就要给杨芝甫磕头，恰这时，楼下的高升风风火火地跑了上来,这才算把余九成拦了下来。

"杨经理,您老快出来看看吧,来了强人啦!"高升说得一副慌张相,活赛是上来了强盗,杨经理一时不知发生了什么事,慌慌张张站起来就要仓皇逃窜,只可惜为时已晚,那些强人已经噔噔噔地大步走上楼来了。

余九成也觉着形势有点紧张,咕咚一下竟将眼窝上的两个鸡蛋掉在了地上,强睁开眼睛一看,果不其然,呼啦啦一阵风,七八个凶汉拥进屋里来了,而且,不是一般的民众,领头的还打着一个大旗子,黄颜色,上面写着许多的字,当然,余九成一个字也不认识。

"没有你的事。"杨经理把余九成往里边小屋里一推,一个人就大大方方地迎了出去。里面的小屋里,高升小声地对余九成说着:"可把我吓坏了,我还以为是比德隆公司惹下了什么祸,日本便衣队。领头的旗子上面写的字,是'日本居留民团石油购买后援会',我的天,这比德隆的生意是做大了。"

"哟,日租界出来人啦?说不定杨经理这一些日子让我在街上跑,放长线钓大鱼,等的就是这个日本国居留民团的石油购买后援会,姜太公钓鱼,愿者上钩吧,您哪!你说是这个理不?我的高爷。"

日本居留民团,是日本在华侨民的民间组织,1907 年按照日本国外务省的命令,将天津日租界内居住的日本人,全部编入日本居留民团,在日租界境内,居留民团管理日侨事务,出了租界地,日本居留民团,就是大日本帝国主义,尽管彼时彼际日本国只占领着中国的东三省,但是,东三省以外,日本人也有七分的威风。尤其是在天津卫,日本居留民团还养着一个便衣队,广收中国的市井无赖到日租界接受训练,然后再每人发一套黑布裤褂,放出来到中国地内捣乱。如何捣乱?倒是也不至于打砸抢,只是横行乡里,为非作歹而已。有一年,天津闹日本便衣队,满天津城跑便衣队,他等只是到商号捣乱,进得门来,先是横冲直撞,然后跷着二郎腿坐在大凳子上,恶汹汹地问着:"你们大掌柜呢?"这家商号的掌柜赶忙出来,先是客客气气地见过这位爷,接着询问爷有什么吩咐?"没嘛事,你是大掌柜吧?"大掌柜忙答"是我",这时这位日本国的中国籍便衣才站起身来,冲着商号掌柜大声说道:"大掌柜,我操你妈妈!"骂过便走,算是胜利完成上级指示。

如今到比德隆公司来的日本居留民团,其实只有一个日本人,其余的五六个全是中国人。只是这几个中国人比日本人还不是中国人,他等穿一身黑衣黑裤,本来是脚力的打扮,可是在中国人的面前,他们的气势却颇为非凡,头一宗,他等不说中国话,也不会说日本话,他们说的是汉文版的日本话："你的，比德隆的公司的干活？你的比德隆公司大经理地干活？"

"是是，正是敝人。"杨芝甫忙点头哈腰地回答。

"我们地日本国居留民团的干活的，你的，嘎司的卖，你的明白？嘎司地，就是石油的，你的石油的能买能卖地，大大的，顶好顶好的。明天地，你的石油的，通通地我们地买了地，金票大大地，别人地，出卖不许地，你把石油卖给别的人，我们地知道了，要不客气地，大大地打你的干活，你的明白？"

在后屋里，余九成听着早吓得全身发抖，但是外面的杨经理却一点也不慌张，听说话的声音，杨经理倒也不和他们顶撞，只是话茬子上不让步，一句一句和日本人对付："贵国大量购买石油的事，天津商界早有消息，只是如今石油实在是太紧张，像贵国这么大的需求，我看还是直接到美孚油行去买为好。"

"美孚油行，我们日本人地不买，他们地日本人地不卖，你们从美孚油行买出来，我们通通地买了，一桶也不许卖给别人地，你的明白？"

"办不到。"杨芝甫回答得斩钉截铁，显然是一点商量的余地也没有，"我们比德隆公司每天从美孚油行分出的这几百桶石油，只够天津市面上各家商号的日常用项，连一桶富余也没有,况且我比德隆公司声誉在外,许多商号都是提前一个月交付订金,这样,就是过了一个月还不一定能够提货,半路上你们要买断石油,不可能,不可能。"

"你的,再说一遍。"显然,日本便衣队的爷们不高兴了,出口不逊,他们要动手了。

"再说一遍,就是不可能,比德隆公司信誉第一,我收下了人家的订金,就要按时给人家发货,要想买也可以,两个月之后你们再来,这段时间里我不收任何人的订金。立时马上就要,没这么便当。听明白了吗?不可能。我又说一遍了,你们能把我怎么样?"好一个刚烈的爱国志士杨芝甫,他居然在日本人的面前如此大义凛然地断然拒绝和日本人做生意,真不愧为爱国志士也!

"好了,既然你已经同意了,这件事就这么说定了。"前屋里传来了日本便衣队队长的声音,咦,这就怪了,天底下何以就有这样的事?人家明明是说不可能,到了日本便衣队队长的耳朵里,立即就变成同意了,这不是胡来吗?合算只要是他说行的事,你说不行也是行,也真是太不讲理了。

嘻,天津卫讲的什么理呀,胳膊根就是理,谁不讲理,谁就有理,这普天之下,很有几位有理的爷,原来都是最不讲理的祖宗。

"不行不行。"前屋里,杨芝甫还在争辩,不料,霎时间就听见一个重重的东西扔在了桌子上,咚地一声,震得后屋里的余九成都打了一个寒战。

动家伙了,后屋的余九成和高升都这样猜想,但没听见杨经理喊救命,倒是那个日本便衣队的队长又说了话:

"这是十万元钱,明天你用它退你那些老客的订金,把一个月你收入的订金,全都退回去,从明天开始,你全部的石油货票,通通地日本国买下了。今天我们也不回去了,就留在这里看着你办事,什么人不接受退款,我们日本国便衣队和他交涉,你的不要管就是。"

哟,事情就这样定下来了,比德隆公司由日本国便衣队看守,明天一早把各家各户的订金全部退回,从此,比德隆公司的全部订货, 就通通由日本国石油购买后援会包下来了,杨芝甫只成了日本国的购油代理人。

"我不干!我不干!"前屋里,杨芝甫还在争辩。但是日本人已是不听那一套了。似是日本人已经大模大样地坐了下来,日本便衣队的狗腿子们,也各处找个位置安下寨来,停了一会儿,杨芝甫又向日本便衣队的队长说着:"我的跑街的余九成还养着伤呢。"

"我们知道,正是看见余九成挨了打,我们才断定你的比德隆公司不是骗子,所以才打定主意,和你做生意,你只管放心,明天余九成照旧到美孚去开大货票,不要害怕,我们有四个便衣跟随保护,看他谁再敢动手动脚?我们日本便衣队可不是好惹的,你的明白？"

就这样,一切一切都要按照日本便衣队的安排去做,谁敢违抗,他就敢跟你动真格的,你说说吓人不吓人?

尾声

　　果不其然,高升说得对,到了当天晚上,余九成的眼睛就消肿了,只是还有两个又青又鼓的大眼泡儿,活赛是一条花金鱼。但是,眼睛已经是能够睁开了,虚虚晃晃地能够看见影像,倘若余九成有本事要去报仇雪恨,到此时已是没有问题了。余九成宽宏大量,他向来不记仇,尤其是不和比自己能耐大的人记仇,余九成只恨自己没本事,好歹自己有点本事,也不至于受这份孙子气。

　　余九成眼睛好了,但是日本便衣队不让他回家,留他在北方饭店过夜,第二天一早,好让他去美孚油行取大货票。杨芝甫呢,他倒也能泰然处之,他接过日本居留民团给他的一大皮包钞票,一沓一沓地数个没完,一面数着一面似是还在合算,皱皱眉头,表示万般无奈的样子,嘴里还嘟嘟哝哝地说着:"反正我是没有办法,我收下人家的订金,如今又要原数退回,不是我比德隆公司不讲信用,是你们日本国居留民团不讲道理,以后,我比德隆公司的生意也没有办法做了,砂锅捣蒜,咱是就这一笔买卖了。"

日本人和日本便衣队的队长,理也不理杨芝甫,反正是他们已经把杨芝甫看住了,钱也交到杨芝甫手里了,和尚跑不了,寺也跑不了。只等着明日提货拿油吧。

这一夜,杨芝甫倒在床上睡得好香,倒是余九成没有睡着,他寻思着明天该如何去美孚油行,早早地就出发,带上比德隆的大公事包,穿上比德隆公司的大号坎,也许不必了,比德隆的石油已经由日本国全都买下了,比德隆用不着勾引人了,名声打出去了。

冬夜苦长,早晨七点。天还没有放明,余九成呹呹怔怔地揉了一下眼睛,挟起比德隆公司的大公事包就往外走,"等等",说着,早有四名壮汉走了过来,他们要保护余九成去美孚取大货票。

走出北方饭店,余九成在当中,四个保镖围成一个正方形,把余九成护在了正当中,走起来,倒是也极威风。余九成给比德隆公司跑街,居然能混到有了随身保镖,想来也真是让人为之叹喟,此一时,彼一时,砖头瓦块还有个翻身的时候,何况余九成这样一个大活人乎!

走在路上,余九成心里盘算,比德隆公司能和日本人做上生意,想来自己的这碗饭算是吃上了,只要有日本国,日本国就离不开比德隆公司,只要比德隆公司不关门,比德隆公司就离不开他余九成,这是多硬的靠山呀！所以,黄爷这条道,那是一定要买通的,不就是花钱吗？何况人家杨经理还说了,无论花多少钱,人家杨经理全都包下来了,趁热打铁,赶紧和黄爷套近乎。

天津人就是势力眼,今天早晨远远地看见余九成走过来的时候,许多人还向他怒目相视,但是,一到看见余九成身旁跟着四个壮汉的时候,那些人就一个一个地全都孙子了,再没有一个人敢上来和余九成找别扭。

只是,在余九成和每天一样,待到美孚油行开门,远远地看见黄爷从里面走了出来,他又高高地举起大公事包,向黄爷喊过一声:"黄爷！拿啦！"然后转身就走的时候,余九成发现,就在自己身后不远的地方,又有四个壮汉跟在日本便衣队四个壮汉的后面。明白,这是有点存心找碴儿了,这些人和余九成做对,一定要把他置于死地而后快,跑街的这碗饭,他们是不让余九成吃了。罢了,看来已是好景不长了,只把这场戏唱下来吧,只要日本便衣队一撤,单枪匹马,他是再也不给杨芝甫跑街了,该去哪里找饭辙还是去哪里找饭辙吧,没有这份造化,余九成就是受穷的命。

当然,今天余九成是不着急了,比德隆的石油全由日本人包下来了,早回去一会儿,晚回去一会儿,都没多大的关系。所以,余九成就悠悠地走着,似是闲着没事,出来逛街,倒是四个日本便衣队的壮汉心里着急，他们在一旁催着余九成快走。"利索点吧，办完了这桩公事，我们还有差事呢。"说着，他们几乎是推着余九成，大步地往北方饭店跑去。

已经是跑出好一段路了，看看路边商号里的大钟表，八点三十，也就是往常回北方饭店的时间，眼看着已是没有多少路了。余九成仍然不慌不忙地走着，后边的四个日本便衣紧紧地保护着他，再后边，又是四个壮汉紧紧地跟着，明明是要找机会对余九成下毒手。

走着走着，已经是就要快到北方饭店了，忽然间迎面跑过两个人来，余九成自然是不认识，但是四个日本便衣却远远地认了出来。没等这边的日本便衣和对面来的日本便衣打招呼，慌慌张张，对面的人就冲着这边的人喊了起来："别跟着这小子了，他的主子跑了。"

"什么？"这边的四个人似是没有听清对面人的话，还大声地向对面的人询问，只是，对面的来人已是十分惊慌，他两个一挥胳膊，就更加大声地喊了起来：

"别问了，中了圈套了！一个没留神，说是去厕所，还紧紧地在后边盯着呢，就觉着有点不对劲，怎么这么大的工夫没出来呢？在外边无论怎么喊，里面也没人应声。不好，溜号了！踢开厕所的门一看，妈的，没人，跳窗户跑了。赶紧回来一看，放钱的大皮包让他带走了，明白吗？拆白党，骗子！"

听说杨芝甫带上日本人的钱跳窗而逃，余九成倒吃了一惊，不能呀，杨经理那么大的势派，北方饭店租着那么多的房子，一天到晚又是那么多的老客围着，他不像是蒙世的骗子呀，再说自己大皮包里还有他的货票，跑得了人，你还跑得了油吗？有油就有钱，人家日本便衣队可以拿你的大货票去美孚提货去呀！不对，说不定杨经理过一会儿就会回来的。

只是从对面过来的那个日本便衣队的队长有点沉不住气，他指手画脚地向他的几个下属述说杨芝甫逃跑的经过："上当了，上当了，这还是我向人家居留民团推荐的，人家日本人就是多一个心眼儿，直说千万可别上了骗子的当。我说不能够，我在暗中查访过了，北方饭店有准包房，每天人山人海地在做生意，跑街的天天从美孚油行拿大货票，交订金一个月之后，保准能提出石油。谁想到，放鹰的，放长线，钓大鱼，偏偏他就把我给钓上了，好你个王八小子，等老子追上你，瞧不剥了你的皮才怪！"日本便衣队小队长说着，话语声中充满了咬牙切齿的仇恨，只是杨芝甫确实是已经跑了，且看你有多大的本事能把他追回来吧。

"别耽误事了，赶紧追那个姓杨的去吧！"呼啦啦，连刚追过来的，带上跟在余九成身后保镖的，一共六七个人，一下子全都跑了，倒把个余九成扔在了大街上。一时之间，余九成闹不明白出了什么事,正犹豫间,冷不防又从后边上来了四个壮汉。

"得了,爷们儿,没听见吗?连我家的主子都找不着号了,你们还和我一个臭要饭的找什么别扭?"余九成见后边上来的人,就是昨天拦在路上,封了他的双眼的那几个人,便忙向他几个人满面赔笑地求情说着。

"姓余的,好你个不知死的孙子,昨天封了你一双眼,你不但不肯认输,今天反而找来了四个日本便衣给你保镖,好,你是不见棺材不落泪,明说了吧,你是想拆条胳膊呀,还是想断一条腿?"后面追上来的人,今天是不会放过余九成了,一阵风围上来,三下两下就把个余九成按在了地上。

"几位爷饶命,我余九成只不过是一个找饭辙的人罢了,比德隆公司雇我,我是一个跑街的,比德隆公司没有了,我就还是一个王八蛋。我也没什么值钱的东西好孝敬几位爷的,这个大公事皮包里面,是今天我从美孚油行开出来的大货票,几位爷放了我,这张大货票就由几位爷拿走吧,比德隆公司那边,我也不露面了。"说着,余九成把大公事皮包给那几位爷送了上去。

几位爷倒是也好打发,看见余九成送上来了大公事皮包,几个人呼啦啦一抢,倒把余九成给放开了。余九成站起身来,拍打拍打身上的土,才要回身离开,恰这时,那个大公事皮包被几个壮汉撕开了,三下两下,几个人就从里边抽出来一张大信封,又是一阵风,这几个人上来就你一把我一把地抢了起来,嗖地一下,有人就从信封里抽出来一张大纸。余九成头也不抬,只由着他们几个去分那张大票,"要石油,你们还得回去找黄爷再开分票。"余九成站在一旁说着。

"呸!"突然间,那四个壮汉又向余九成围上来,"你瞧瞧,这是嘛?哪里是什么美孚油行的大货票,睁开狗眼你也看看,这你妈的是嘛?"为首的一个把从信封里取出来的大纸送到余九成的眼前,余九成刚要说,我不识字。再一看,什么话也别说了,识字不识字的都没关系,那根本就不是什么货票,一个字没有,娘个屁,白纸一张!

……

几天之后,余九成自然又回到了南市三不管,也自然又拿出了他的那副竹签,又站在了王掌柜的大提盒旁边,赶上下雨天,他又挟着他的那四块砖头来到了南门外大街,一切一切又和老样子一模一样,只是这次余九成再不信任何人的胡吹乱侃了,什么公司呀,字号呀,是真的,人家自有办法做自己的生意,坑蒙拐骗,他也就别再想在余九成身上找饭辙了,我余九成自己还找不着辙呢。你杨芝甫一张白纸就让我给你跑了一个月的街,等到把日本人勾上来了,你带上巨款跑了,自己发黑心财,倒扔下我余九成接着受穷,呸!真他妈不是东西。

可是,到底他比德隆公司在北方饭店里包着客房,每天人山人海地一群老客围着他吵着买油,难道那也是假的吗?嘻!余九成一拍巴掌,几乎笑出了声来,他杨芝甫既然可以花一元钱雇自己拿一张白纸跑街,何以他杨芝甫就不能再找出人来给他打托,表演抢购石油的一场丑剧呢?天下人不全是找饭辙吗?就是这么回事,没错儿,爷们儿!